天魔神教
천마
신교

天魔神敎
천마 신교

1판 1쇄 찍음 2013년 3월 4일
1판 1쇄 펴냄 2013년 3월 7일

지은이 | 운후서
펴낸이 | 정 필
펴낸곳 | 도서출판 뿔미디어

편집장 | 이재권
기획 · 편집 | 문정흠
편집디자인 | 이진선
관리, 영업 | 김기환, 임순옥

출판등록 | 2002년 9월 11일 (제1081-1-132호)
주소 | 부천시 원미구 상3동 533-3 아트프라자 503호 (우)420-861
전화 | (032)651-6513 / 팩스 032)651-6094
E-mail | bbulmedia@hanmail.net

값 8,000원

ISBN 978-89-6775-216-3 04810
ISBN 978-89-6775-126-5 04810 (세트)

天魔神敎

천마 신교

3

운후서 신무구협 장편 소설

目次

第一章

은거괴동(隱居怪洞)

강호가 뒤집혔다.

마교 교주가 죽었다는 소식은 강호를 뒤집기에 충분하고
도 남았다.

천마신교 측에서는 그 어떤 부정이나 긍정도 하지 않고
있었지만, 아니 땐 굴뚝에 연기 나랴.

소문이 흘러나오자 천마신교와 동맹을 맺은 문파들이 슬
며시 등을 돌렸고, 모두 일사천리로 강호무림맹에 가입하기
시작했다.

그로 인해 강호무림맹의 규모는 상상도 하지 못할 정도로
거대하고 강해지기 시작했다.

곧 강호무림맹에서는 마교 교주가 죽었다는 소식을 정식
으로 발표하였는데, 호사가들은 어떻게 마교 교주가 죽었는

지 궁금해했다.

마교 교주는 역대 최강의 무위를 지녔다고 알려져 있었으며, 그의 무공은 강호팔대고수 세 명과 필적하다고 알려져 있었다.

또한 내전 당시 얼마나 많은 고수를 일검에 보냈는지에 대해서 소문이 왕왕 부풀려져 있었다.

아무래도 마교 교주에 대해서는 알려진 것이 별로 없었고, 악명이라는 것은 모름지기 그렇게 커져 가는 것이었다.

강호무림맹은 마교 교주가 정남정녀의 정혈을 취하고, 살인을 마구 저질렀으며, 나쁜 짓이란 나쁜 짓은 다 했기 때문에 자신들이 나서서 직접 처단했다고 발표했다.

그리고 대부분의 문파에서 벌어진 의문의 사건들이 모두 마교 교주의 소행이라 몰아붙였다.

마교 교주 처단자 중에는 강호팔대고수의 이름이 다섯 명이나 올라와 있어서, 그 사실을 증명했다.

창피를 당할 것이라 예상했던 것과는 달리, 오히려 호사가들은 그들의 용맹함을 칭송했다.

이어 악독한 마교 교주의 손에 죽은 매화검수 태전운과 취봉선 자충진의 추모식이 열렸다.

그리고 강호무림의 평화를 위해 목숨을 바친 그들의 소속 문파인 화산과 개방은 날개 달린 듯 세력을 넓히기 시작했다.

개방은 방주를 잃음으로써 휘청거리는 듯했으나, 신진고

수 용걸개(龍乞丏)를 중심으로 비상하기 시작했다.

화산도 섬서의 패자로 떠오르며 종남을 짓누를 정도로 세력이 커져 갔다.

하지만 선천진기를 두 번이나 끌어 올린 혜연 대사는 심마에 빠져서 시름시름 앓다가 결국 목숨을 잃고 말았다.

이 또한 강호무림맹은 마교 교주의 악독한 독공에 혜연 대사가 목숨을 잃었다고 발표했다.

호사가들은 마교 교주의 악독함에 이를 갈며 혜연 대사의 죽음에 애도를 표했다.

그에 반면 천마신교는 이상하리 만큼 조용했다. 교주가 죽었으니 복수라도 해야 하건만, 그들은 그저 잠자코 있을 뿐이었다.

그렇게 무림의 판세는 강호무림맹의 손아귀로 천천히 넘어가고 있었다.

*　　*　　*

독고천이 눈을 번쩍 떴다.

"크흑."

엄청난 고통에 절로 인상이 찌푸려졌다.

"여기가 어디지?"

분명 혜연의 암습에 복부가 뚫린 채 쓰러졌다. 살기 위해서 무작정 기었는데, 어느 순간 정신을 잃은 것이었다.

복부에는 붕대가 감겨 있었고, 방에서는 약탕 냄새가 솔솔 풍겼다.

독고천이 몸을 일으키며 침대에서 내려왔다.

갑자기 문이 열리며 백의를 깔끔하게 차려입은 노인이 모습을 드러냈다.

노인의 수염은 허리춤까지 내려올 정도로 길었는데, 인상이 고약했다.

아니나 다를까, 이내 노인이 눈썹을 꿈틀거렸다.

"엥? 일어났나?"

"그, 그렇소."

갑작스런 상황에 독고천이 당황하며 고개를 끄덕였다.

그러자 백의 노인이 독고천의 몸을 들어 올리더니 다시 침대에 내던졌다.

볼썽 사납게 침대에 엎어진 독고천이 고통으로 인상을 찌푸리자 백의 노인이 고개를 주억거렸다.

"그리 아픈 놈이 어디 벌써 내려오려고 그래? 그냥 조용히 누워 있어."

독고천이 힘겹게 몸을 돌리자 백의 노인이 킬킬거리며 웃었다.

"보아하니 강호인인 것 같은데, 이름이 뭐누?"

"여기가 어디오?"

독고천이 질문에는 답도 안 한 채 오히려 물어 오자 백의 노인이 눈썹을 꿈틀거리며 머리를 후려쳤다.

딱!

"컥."

독고천이 머리를 감싸자 백의 노인이 혀를 끌끌 찼다.

"어린놈이 버릇없게. 어르신이 물어봤으면 먼저 거기에 대답을 해야지."

독고천은 정신이 없었다.

분명 내공도 그대로고 호신강기도 여전히 몸을 감싸고 있었다.

그런데 백의 노인의 간단한 주먹질에 엄청난 고통이 엄습했던 것이다.

"도, 독고천이오."

독고천이라는 말에 백의 노인의 눈이 동그랗게 뜨여졌다.

"독고천이라고?"

"그렇소."

독고천이 고개를 끄덕이자 백의 노인의 얼굴이 붉어지더니 갑자기 빵 하고 웃기 시작했다.

"하하하! 이거, 인물이구먼. 촌장님이 보시면 좋아하겠어. 자, 빨리 일어나 봐."

누워 있으라 할 때는 언제고, 백의 노인이 독고천을 등에 업었다.

독고천은 수치심에 얼굴이 붉어졌지만, 백의 노인의 완력을 뿌리칠 수는 없었다.

백의 노인은 방을 빠져나가며 경신술을 사용하기 시작했다.

슈슈슉!

주위의 배경들이 훅훅 스쳐 지나가자 독고천은 정신이 없을 정도였다.

'엄청난 경신술이다!'

자신의 경신술을 감히 따라올 자가 없다고 생각했던 독고천의 눈이 경악으로 물들었다.

그러던 어느 순간, 갑자기 백의 노인이 독고천을 내려놓았다.

철푸덕.

멍하니 있던 독고천이 엉덩방아를 찧으며 인상을 찌푸렸다.

하지만 백의 노인은 신경도 쓰지 않은 채 어느 초가집 앞에 멈춰 서고는 누군가를 불렀다.

"촌장님, 촌장님!"

그러자 초가집 문이 덜컥 열렸다.

"누구십니까?"

안에서 청의를 차려입은 노인이 머리를 빠끔히 내밀었다.

인상은 매우 푸근했고 주름살이 많았지만, 오히려 운치가 느껴졌다.

촌장이라 불린 노인이 모습을 드러내자 백의 노인이 독고천을 가리키며 외치듯 말했다.

"제가 이놈을 입구 근처에서 주워 왔습니다. 그런데 이름이 독고천이랍니다."

독고천이라는 말에 촌장이 미소를 지었다.

"그렇습니까? 저하고 똑같은 이름이군요."

촌장의 미소는 매우 푸근해서 보는 독고천의 마음을 절로 녹아내리게 할 정도였다.

심지어 소림의 고승들조차 독고천의 마음을 이렇게까지 울린 사람은 없었다.

그러나 눈앞에 촌장이라 불린 사람은 내뿜는 기운 자체가 달랐다.

마치 따스한 봄과도 같았다.

촌장의 반응에 백의 노인이 심드렁해했다.

"재밌지 않으십니까?"

"재미있습니다, 재미있지요."

촌장이 웃어 보이자 백의 노인이 만족한 듯 킬킬거리더니 이내 모습을 감췄다.

갑작스런 상황에 독고천이 어리둥절해하며 촌장을 바라보았다.

촌장이 빙긋 웃었다.

"들어오시겠습니까?"

＊　　＊　　＊

따스한 국화차가 혀를 타고 미끄러지듯이 목구멍을 넘어갔다.

그러고는 이내 온몸으로 지르르 퍼져 나갔다.

독고천이 고개를 주억거렸다.

내온 차도 마치 주인처럼 맑고 푸근한 기운이 물씬 풍겼다.

"독고천이라 하셨습니까?"

"그렇소."

분명 촌장의 몸은 왜소했고 얄팍했지만, 알지 못할 위압감이 흘러나오고 있었다.

묵묵히 독고천을 바라보던 촌장이 미소를 지었다.

"제 이름도 독고천입니다. 이곳의 촌장을 맡고 있지요."

촌장의 말에 독고천이 고개를 주억거렸다.

분명 이름이 같다는 것은 신기한 일이었지만, 사실 독고천이라는 이름은 흔한 편이었다.

그러나 촌장은 그게 아닌 듯한 눈치였다.

"본래 사람의 인연에 우연이란 없다고 생각합니다. 이렇게 독고 소협께서 이 마을에 방문하시게 된 것도 하나의 인연인 겁니다. 여기가 어딘지 아십니까?"

독고천이 고개를 내저었다.

그러자 촌장이 씨익 웃었다.

"하긴 모르셨으니 들어오실 수 있었겠지요. 이곳은 은거괴동(隱居怪洞)이라 불리는 곳입니다."

은거괴동이라는 말에 독고천이 고개를 갸웃거렸다. 생전 처음 듣는 이름이었기 때문이다.

그 모습에 촌장이 고개를 주억거렸다.

"모르는 게 당연하지요. 약 칠십 년 전까지만 해도 개방을 했던 마을이지만, 불의의 사건 때문에 다시 문을 굳게 닫았지요."

"그런데 내가 어떻게 여기에 들어올 수 있던 것이오?"

독고천이 의아한 듯 묻자 촌장이 털털 웃음을 내지었다.

"평범한 동물들은 마음대로 진법을 드나들 수 있습니다. 혹은 심각한 고통으로 인해 사람으로서의 자각을 잠시 잊고 본능만을 갈구했을 경우, 들어오게 되는 일이 몇 있었습니다."

분명 그 당시에 살겠다는 본능이 독고천의 온몸을 지배했다.

촌장이 의아한 듯 말을 이어 나갔다.

"그런데 진법 자체가 무공을 익힌 무림인을 거부하는데, 독고 소협께서는 어떤 피해를 입지 않으셨습니까?"

촌장의 말에 독고천이 어깨를 들썩였다.

"아무런 피해도 없었소. 내공도 그대로이고, 단전도 그대로요."

"운공은 해 보셨습니까?"

촌장의 말에 독고천이 고개를 내저었다.

"아직 해 보진 않았소만……."

"그렇다면 지금 한 번 해 보시지요."

촌장의 권유에 독고천이 촌장을 훑어보았다.

본래 운공이란 안전이 최우선이었다.

그러니 촌장의 존재가 절로 신경 쓰일 수밖에 없었다.

그러자 촌장이 눈치챘다는 듯 고개를 끄덕이며 말했다.

"의심이 간다면 잠시 나가 있겠소."

촌장이 담담하게 말해 오자 잠시 고민하던 독고천이 고개를 내저었다.

"그냥 해 보겠소."

독고천이 천천히 가부좌를 틀고 내력을 움직이려 했다.

그런데 내공이 움직이질 않았다.

분명 단전에 자리 잡고 있음에도 불구하고 혈도로 올라오지 않는 것이었다.

독고천이 경악하며 눈을 뜨자 촌장이 그럴 줄 알았다는 듯 고개를 끄덕였다.

"역시 진법이 발동했나 봅니다."

"내공을 다시 움직일 방법이 있소?"

독고천이 급히 묻자 촌장이 고개를 끄덕였다.

"예. 본 마을에 의원이 한 명 있습니다. 의원께 치료를 받으면 운공을 하실 수 있을 겁니다."

그 말에 독고천이 안도의 한숨을 내쉬었다. 그 모습에 촌장이 슬며시 웃었다.

"그런데 그게 쉽지만은 않을 겁니다."

"그게 무슨 소리인지?"

독고천이 의아한 듯 묻자 촌장이 짙은 미소를 지었다.

"아까 그 노인분을 보셨지 않습니까? 어떻습니까?"

"흠, 괴팍하다고 느꼈소."

독고천의 솔직한 발언에 촌장이 만족한 듯 고개를 끄덕였다.

"맞습니다. 본 마을의 주민들은 모두들 한 괴팍 합니다."

"그게 무슨 소리요?"

독고천이 당최 이해가 되지 않는다는 듯 묻자 촌장이 말없이 미소를 지었다.

그러다 잠시 촌장과 독고천의 눈이 마주쳤다.

촌장의 눈 속에서 현묘한 기운이 흘러나오자 독고천은 현기증을 느끼며 몸을 휘청거렸다.

그제야 촌장이 입을 열었다.

"본래 사람은 한곳에 머물다 보면 괴팍해지기 마련입니다. 본 마을의 주민들은 오랜 시간 동안 마을에만 있었지요."

촌장의 말에 독고천이 정신을 차리고는 고개를 주억거렸다.

분명 사람은 움직이고 돌아다녀야 했다.

"그럼 돌아다니면 되지 않소?"

"그게 그렇게 쉽지가 않습니다. 저도 젊었을 적에 개방을 해야 하는 쪽으로 뜻을 품었지만, 많은 사건들로 인해 결국 다시 폐쇄의 길로 접어들었습니다. 그리고 조만간에 아예 장소조차 옮길 생각이었습니다."

"그냥 개방하면 되지 않소?"

독고천이 시원스레 답하자 촌장이 고개를 끄덕이며 웃었다.

"저 역시 그래 보고 싶군요. 하하."

뭐랄까.

촌장과 얘기를 하면 할수록 독고천은 머릿속이 맑아지는 것이 느껴졌다.

얼핏 보기에는 닭 모가지조차 비틀 힘조차 없어 보이는 촌장에게서 알지 못할 거대한 힘이 숨겨져 있는 듯싶었다.

독고천은 내공만 쓸 수 있다면 이 노인과 당장에라도 한 번 붙어 보고 싶었다.

그만큼 노인의 기운은 독고천이 지닌 무인의 호승심을 자극하고 있었다.

두 사람 사이에 잠시 정적이 흐르자 독고천은 방 안을 훑었다.

한쪽 벽에 검이 걸려 있었는데, 투박하면서도 무언가 기품이 흘렀다.

"명검이오."

독고천의 말에 촌장이 검을 힐끗 보더니, 고개를 끄덕였다.

"명검이지요. 철검(鐵劍)이라 합니다."

명검치고는 매우 단순한 이름이라 독고천이 고개를 갸웃거렸다.

그러나 보면 볼수록 검에서 맑은 윤기가 흐르고 옅은 기운이 흘러나오는 것으로 보아 보통 명검이 아니었다.

"만져 봐도 되겠소?"

독고천의 물음은 예의에 어긋나는 것이었지만, 촌장은 흔쾌히 검을 건네주었다.

스릉.

독고천이 검을 뽑자 철검이라는 명각이 드러났다.

오래된 검이었지만 관리를 잘한 듯 연신 칼날이 번쩍였다.

독고천이 검을 살펴보다가 무심히 물었다.

"만약 내가 이 검으로 노인을 벨 수도 있는 노릇인데, 어찌 이렇게 쉽사리 검을 주었소?"

독고천의 물음은 당연한 것이었다.

분명 느낌상 촌장의 위압감이 대단하긴 했지만, 암습에는 그 누구도 자유롭지 못했다.

사실상 천마신교의 절대지존이라는 자신조차 암습에 당해 쓰러졌지 않은가.

그러자 촌장이 미소를 지었다.

"독고 소협은 참으로 자만심이 넘치시는 분이군요."

독고천이 의아한 듯 고개를 갸웃거리자 갑자기 촌장의 몸에서 엄청난 기운이 흘러나왔다.

쿠콰아!

초가집이 흔들리는 것과 동시에 촌장의 눈에서는 푸른 불꽃이 이글거리기 시작했다.

기세에 눌린 독고천은 숨도 쉬지 못한 채 멍하니 촌장을
바라보았다.

손가락 하나조차 움직일 수조차 없었다.

하지만 그도 잠시.

숨 막힐 듯하던 위압감이 눈 깜짝할 새 증발하듯 없어졌
다.

그리고 촌장은 아까와 같은 평범한 노인네로 어느새 돌아
와 있었다.

촌장이 빙긋 웃었다.

"오히려 제가 독고 소협을 진작 없앴을 수 있었을 거란
생각은 안 하셨나 봅니다."

독고천은 멍하니 촌장을 바라볼 수밖에 없었다.

촌장이 독고천이 들고 있던 검을 받아 들더니 다시 벽에
걸어놓았다.

"진정한 무인은 검이 필요하지 않습니다. 오직 검객만이
검이 필요하지요. 독고 소협은 검객이십니까, 아니면 무인
이십니까?"

촌장의 물음에 독고천이 고개를 내저었다.

"난 마도인이오. 검객도, 무인도 아니오."

마도인이라는 말에 촌장이 무언가 아련한 표정을 지었다.

"천마신교에서 오셨군요."

"본 교를 아시오?"

독고천의 되물음에 촌장이 고개를 끄덕였다.

"그쪽과는 예전에 인연이 있었지요. 혹, 해청운이라는 고수를 아십니까?"

해청운이라는 말에 독고천이 고개를 내저었다.

"본 교의 고수였소?"

촌장이 고개를 끄덕이며 아련한 표정을 지었다.

잠시 정적이 흐르자 독고천은 해청운이라는 자가 촌장에게 매우 중요한 인물이라는 것을 얼핏 느낄 수 있었다.

잠시 추억을 감상하는 듯하던 촌장이 불쑥 몸을 일으켰다.

"천마신교에서 오신데다 저와 같은 이름이라니, 보통의 인연이 아닌 듯싶습니다. 의원께 데려가 드리겠습니다."

말과 함께 촌장이 독고천을 번쩍 들어서 업었다.

그러고는 초가집을 나서더니, 미칠 듯한 속도의 경신술로 숲 속을 벗어났다.

잠시 후 도착한 곳은 작은 초가집 앞이었는데, 연신 약 냄새가 풀풀 풍겨 왔다.

"의원님, 계십니까?"

끼익.

초가집 문이 살며시 열렸다.

모습을 드러낸 이는 주름이 지긋한 노인이었는데, 촌장을 보자 활짝 웃어 왔다.

"아이고, 촌장님. 뭔 일입니까요?"

의원이 방정맞게 떠들었지만 촌장은 자연스럽게 말을 받았다.

"환자가 한 명 있는데, 좀 봐주시면 좋겠습니다."

의원이 슬쩍 독고천을 흘겼다.

"젊은 놈이 무슨 의원이 필요하다고 난리인지. 내가 젊을 때는 말이야, 팔다리가 잘려도 붙이면 그다음 날이면 나았단 말이지."

의원이 호탕하게 말하자 촌장이 사람 좋은 미소를 지었다.

"허허, 그럼요. 의원님께서야 뛰어난 의술을 가지고 계시니 말이지요."

촌장이 흔쾌히 받아 주자 의원이 신이 난 듯 싱글벙글거렸다.

"하여튼 들어오시죠."

의원의 안내에 따라 촌장과 독고천이 방 안으로 들어섰다.

방에 들어서자 약 냄새가 한층 짙어졌는데, 곳곳에 약재로 보이는 약초들과 꾸리꾸리한 냄새가 풍기는 술병들이 즐비했다.

의원이 독고천의 몸을 살피며 연신 두리번거렸다.

그러더니 이윽고 고개를 끄덕였다.

"진법에 의해 당한 것 같군요."

의원의 말에 촌장이 고개를 끄덕였다.

"예, 맞습니다."

그러자 의원이 혀를 찼다.

"이건 따로 방법이 없습니다."

의원의 말에 독고천이 경악하며 물었다.

"그럼 평생 운공을 하지 못한단 말이오?"

그러자 갑자기 의원이 독고천의 머리를 내려쳤다.

딱!

엄청난 고통에 독고천이 인상을 찌푸리며 머리를 부여잡았다.

의원이 쌤통이라는 표정을 지으며 고개를 내저었다.

"어르신께서 말씀하시는데 감히 버릇없이 껴들고 있어."

독고천에게 가볍게 응징을 내린 의원은 다시 촌장을 바라보며 말을 이었다.

뭐, 방법이 없는 건 아닌데 좀 까다롭습니다."

"어떤 방법입니까?"

촌장의 물음에 의원이 입을 열었다.

"우선 네 개의 영약이 필요합니다."

네 개라는 말에 독고천이 별거 아니라는 듯 입을 열었다.

"그 정도는 언제든지 구할 수 있소. 본 교에 돌아가기만 하면……."

"이놈이 또 끼어들어!"

갑자기 의원이 독고천의 복부를 걷어찼다.

퍽!

이번에도 독고천은 거품을 물며 앞으로 고꾸라졌다.

의원이 씩씩거리며 숨을 거칠게 몰아쉬었다.

"험험, 하여튼 촌장님. 네 개의 영약이 필요한데, 밖에서는 못 구하는 것인지라……."

"그럼 안에서는 구할 수 있단 말입니까?"

촌장의 물음에 의원이 고개를 끄덕였다.

그러나 이내 한숨을 내쉬었다.

"그런데 그게 이평정네에 하나가 있고……."

이평정이라는 말에 촌장이 맑게 웃었다.

"뭐, 그곳에서 며칠 일하면 주지 않겠습니까?"

"그건 그렇지요. 그런데 또 하나는 장우천네에 있고……."

촌장은 여전히 미소를 잃지 않았다.

"거기서도 잡일을 며칠 하면 주겠지요."

"네, 뭐 장우천이가 착하긴 하니까요. 그런데 또 하나가 한후네 있지요."

한후라는 말에 촌장의 미소가 살짝 꺾였다.

"흠, 힘들긴 하겠지만 제가 직접 한원기 선배에게 물어보면 될 것 같군요."

"예, 그건 촌장님께서 알아서 하시면 되는데…… 가장 마지막이 걱정입니다."

의원이 말하기를 망설이자 촌장이 설마 하는 표정을 지었다.

"설마……."

의원이 참담한 표정을 지으며 고개를 끄덕였다.

"예, 천진종네 하나가 있습니다."

천진종이라는 말에 촌장의 미소가 아예 사라지고 말았다.

촌장이 신음을 흘렸다.

"그 녀석은 저도 방법이 따로 없는데 말이죠."

촌장의 말에 의원 역시 동의한다는 듯 고개를 주억거렸다.

"그놈이 참 그렇죠. 아버지를 닮긴 했는데, 너무 잘 닮아서 문제죠."

촌장이 몸을 부르르 떨었다.

"부전자전(父傳子傳)이란 말도 있지 않습니까."

"뭐, 이놈이 알아서 하겠지요. 그나저나 굳이 이렇게까지 장황하게 말할 필요가 있습니까?"

그러자 촌장이 기절한 독고천을 슬쩍 훑어보더니 전음을 날렸다.

순간 의원이 눈을 동그랗게 뜨고는 독고천을 한번 힐끗 보더니, 이내 숨죽여 웃기 시작했다.

한참을 웃던 의원이 독고천의 머리를 툭툭, 쳤다.

"이놈이 알아서 잘할 겁니다."

그 말에 촌장은 빙긋이 웃어 보일 뿐이었다.

*   *   *

독고천이 몸을 벌떡 일으켰다.

그래도 나름 무공으로는 다섯 손가락 안에 꼽힌다고 자부했던 독고천이 아닌가.

그러나 이상한 마을에 도착한 후부터 당최 맞고만 다니더니, 결국 발길질 한 방에 정신조차 잃었다.

독고천은 수치심에 얼굴이 붉어졌다.

그러다 누군가의 시선을 느끼고는 슬쩍 옆을 바라보았다.

그곳에는 적의를 입은 사내가 있었는데, 손에는 칼이 쥐어져 있었다.

푸줏간에서나 볼 수 있는 식칼이었다.

적의사내가 조용히 말했다.

"저……."

"누구시오?"

"아, 전 이평정(李平定)이라 하는데, 그쪽이……."

"독고천이라 하오."

독고천의 말에 이평정이 고개를 끄덕이며 식칼을 쥐고 있는 손을 떨기 시작했다.

달달달.

이평정은 왼손으로 떨리는 오른손을 부여잡으며 애써 미소를 지었다.

"하하……. 제가 사람한테 익숙하지 않아서 이러는 것이니 신경 쓰지 않으셔도……."

한데 그 순간, 갑자기 멀쩡하던 이평정의 다리마저 떨리기 시작했다.

결국 이평정은 식은땀마저 흘리며 밖으로 뛰쳐 나가 버렸다.

그 모습에 독고천이 어깨를 으쓱했다.

"괴팍한 놈들이 많다더니, 정말이군."

그때, 갑자기 나간 줄 알았던 이평정의 얼굴이 쏙 들이밀어졌다.

"저…… 우선 잠깐 나오시면……."

"알겠소."

독고천이 힘겹게 몸을 일으켜 천천히 한 발씩 걸음을 뗐다.

밖으로 나와 보니 푸줏간이 한눈에 들어왔다.

아직 문을 열지 않은 듯 이평정이 분주하게 왔다 갔다 하면서 준비를 하고 있었다.

이평정은 독고천에게 다가왔다.

"저, 그 뭐냐, 몸이 나으시려면 영약을 드셔야 하는데, 그게 우리 집에 있는데…… 그걸 공짜로 드릴 순 없어서…… 일을 하셔야……."

"내 몸을 낫게 하기 위해선 영약을 먹어야 하는데, 그 대가로 일을 하란 말이오?"

이평정이 환한 미소를 지으며 연신 고개를 끄덕였다.

독고천이 손사래를 쳤다.

"그 정도는 당연한 것이오."

은원의 처리는 마도인의 기본이었다.

이평정이 식칼을 독고천에게 쥐어 주며 조심스럽게 말했다.

"이걸로 검지만 한 길이로 잘라 주시면……."

"알았소."

독고천이 식칼을 들고 고깃덩어리 앞에 섰다.

짧든 길든 검은 검이었다.

독고천의 식칼이 허공을 갈랐다.

슈슛.

순간, 고깃덩어리가 엄청난 속도로 썰리기 시작했다.

비록 내공을 운용하지는 못하지만, 기본적인 근력이 있었기에 이 정도는 아무것도 아니었다.

그런데 갑자기 이평정이 독고천의 손에 쥐어져 있던 식칼을 빼앗는 것이 아닌가.

놀란 독고천이 물었다.

"아니, 왜 그러시오?"

"그런 무식한 검초로는 고기의 맛이…… 아, 그게 아니라…… 내가 하고 싶은 말은……."

"지금 뭐라고 하셨소?"

독고천이 울컥하며 되물었지만, 이평정에게서는 아무런 말도 나오지 않았다.

대신 입을 다문 채 식칼로 고깃덩어리를 내리찍었다.

쾅!

그 순간, 고깃덩어리가 허공으로 솟구치더니…….

이평정의 식칼이 빛을 뿜었다.

파파팟!

고깃덩어리가 일정한 크기와 모양으로 잘려진 채 떨어졌다.

'꿀꺽.'

독고천이 저도 모르게 침을 삼켰다.

단순히 절정의 경지 정도가 아니었다.

이미 이건 초절정(超絕頂)의 쾌검이었다.

자신이 내공을 쓸 수 있다 해도 이 정도의 쾌검을 구사할 자신은 없었다.

태연하게 시범을 보인 이평정이 식칼을 다시 독고천에게 쥐어 주었다.

"최, 최소한 이 정도라도…… 부탁드려……."

이평정이 더 이상 말을 꺼내기가 힘들었는지 저 멀리 도망쳐 버렸다.

그 뒷모습을 멍하니 바라보던 독고천은 혀를 차며 힘없이 중얼거렸다.

"도대체 여긴 뭐 하는 동네야……."

*   *   *

"이봐, 신참. 빨리빨리 달라고."

험상궂은 인상의 중년인이 연신 재촉했다.

그에 독고천이 울컥한 심정으로 쳐다보았다.

하지만 중년인은 이평정과는 전혀 다른 반응을 보였다.

마치 해볼 테면 해보라는 듯 벌떡 자리에서 일어난 것이다.

그와 동시에 엄청난 위압감이 흘러나왔다.

결국 독고천은 한숨을 내쉬었다.

벌써 이 주야째 이곳에서 일하는 중이었다.

그러나 어찌 된 것이, 이 빌어먹을 동네에는 자신보다 약한 사람이 한 명도 없었다.

자신이 누구던가.

단일 세력 중 최강이라 불리는 천마신교의 교주이자 강호 팔대고수 급 고수가 아닌가.

하지만 독고천은 열불을 삼킬 수밖에 없었다.

"……빨리 갖다드리겠소."

"말로만 빨리 갖다주겠대. 으이그. 평정아, 저놈 좀 교육시켜라."

중년인의 말에 이평정이 갑자기 모습을 드러내더니 고개를 연신 끄덕였다.

"죄, 죄송합니……."

"하하, 괜찮다. 네가 문제가 아니라 저놈이 문제지. 감히 막내 주제에 어디서 함부로 눈을 부라려?"

중년인이 이를 갈며 독고천을 노려보았다.

독고천은 치솟는 분노를 삼키며 묵묵히 칼질을 계속했다.

강자지존인 천마신교에서 살아남은 독고천이었기에 강자에게는 고개 숙이고 들어가야 한다는 것을 누구보다도 잘 알았다.

탁탁탁.

칼질을 계속 이어 나가자 이평정이 조심스러운 태도로 쭈뼛쭈뼛 다가왔다.

"그, 그러면 고기질이 다 상하는데……."

쾅!

결국 참지 못한 독고천이 칼을 도마 위에 거칠게 올려놓았다.

순간, 이평정이 움찔거렸다.

그 모습에 독고천이 한숨을 길게 내쉬더니 고개를 끄덕였다.

"……미안하오."

"식칼을 좀 더…… 옆으로 쥐고 가볍게 손목을 움직이면……."

이평정이 식칼을 쥐고 독고천에게 차근차근 설명해 주었다.

그러자 독고천의 얼굴이 붉어졌다.

검술에 극한에 다다랐다고 자부했던 자신이 검을 쥐는 방법부터 다시 배워야 할 줄이야.

그러나 어쩔 수 없었다.

독고천이 못마땅한 듯 고개를 끄덕였다.

그러자 이평정의 얼굴이 살짝 밝아졌다.

"이, 이렇게 하시면 됩니……."

설명을 마친 이평정이 부리나케 모습을 감췄다.

그 모습에 중년인이 호탕하게 웃었다.

"하하! 평정이, 저놈. 아버지와는 달리 소심하단 말이야. 하지만 아버지보다도 칼솜씨가 뛰어나니 고기 맛은 일품이지."

호탕하게 웃던 중년인이 찌릿 독고천을 노려보았다.

"뭘 보냐?"

"……아니오."

식칼질을 하는 독고천의 손목에 저도 모르게 힘이 들어갔다.

독고천이 어금니를 꽉 깨물었다.

'참자, 참아…….'

"아저씨, 나도 빨리 고기 줘요. 한 근 달란 말이에요."

하지만 독고천의 수난은 거기서 끝이 아니었다.

홍의를 예쁘게 차려입은 자그마한 계집아이가 연신 왔다 갔다 하며 독고천을 재촉한 것이다.

독고천이 애써 미소를 지었다.

"조금만 기다려라."

"이씨, 평정이 오라버니는 순식간에 타타타 하고 주던데,

이 아저씨는 왜 이래?"

홍의 소녀가 연신 투덜거리며 의자에 철푸덕 앉았다.

독고천은 이마에 참을 인 자를 새겨 가며 연신 칼을 놀렸다.

쾅!

그런데 순간, 굉음과 함께 푸줏간 안에 먼지가 자욱하게 피어올랐다.

독고천이 놀라며 위를 올려다보자 홍의 소녀가 혀를 빼꼼히 내밀고 있었다.

"신기하죠? 어제 아버지한테 배운 탄지 머시기인데, 헤헤."

탁자에서 바닥에 이르기까지 정확한 원 모양의 구멍이 깔끔하게 뚫려 있었다.

독고천 자신이 혜연 대사에게 맞은 탄지공도 저렇게 깔끔한 원을 그리지는 못할 것이었다.

물론 내력 운용이 부족하긴 했지만, 홍의 소녀의 나이를 생각하면 천재라 봐도 무방했다.

"그거, 누구한테 배웠냐?"

독고천이 칼질을 하며 궁금하다는 듯 묻자 홍의 소녀가 혀를 내밀었다.

"헹! 안 알려 줄 건데, 아저씨."

"아저씨한테도 알려 주라."

어느새 적응을 했는지 독고천이 나긋하게 묻자 홍의 소녀의 표정이 바뀌었다.

"알려 주면 안 되는데…… 알려 줄까요?"

독고천이 고개를 연신 끄덕였다.

물론 홍의 소녀의 자질이 뛰어난 탓도 있겠지만, 스승의 능력이 뛰어나기에 저런 깔끔한 탄지공을 알려 줄 수 있었을 것이라 여겼다.

어찌 보면 독고천에게는 하나의 기연이 찾아온 것일 수도 있었다.

동네의 모든 주민들이 강호팔대고수 급인 독고천보다 훨씬 강했다.

심지어 눈앞에 보이는 꼬마 계집아이조차 소림의 절세무공이라는 탄지공을 가볍게 구사하고 있지 않은가.

지금껏 이런 동네에 대해서는 듣도 보도 못했지만, 이자들에게 한 가지씩만 배워도 무공의 극의와 가까워질 것임을 의심치 않았다.

그렇게 독고천이 생각에 잠겨 있는 사이, 갑자기 홍의 소녀가 살그머니 다가왔다.

그러고는 귀를 달라는 듯 손을 흔들며 손짓을 해 왔다.

독고천이 조심히 귀를 내밀었다.

순간, 홍의 소녀의 입에서 사자후가 터져 나왔다.

"공갈(恐喝)!"

"컥!"

독고천이 고통으로 인상을 찌푸리며 황급히 귀를 감쌌다.

만약 독고천이 절정의 경지에 다다른 고수가 아니었다면, 당장 귀머거리가 됐을지도 모를 정도로 강력한 사자후였다.

홍의 소녀가 킬킬거리며 독고천이 손질하고 있던 고기를 낚아챘다.

슈욱.

"히히, 그게 제 거죠? 저 갈게요."

그렇게 홍의 소녀가 나가 버렸다.

독고천은 아직도 귀가 먹먹한지 인상을 찌푸린 채 귀를 만지작거렸다.

그 모습에 중년인이 안타까운 마음이 생겼는지 독고천의 어깨를 툭툭, 쳤다.

"저 꼬마 계집은 더럽게 말 안 듣는 아이 중 하나야. 지 어미를 닮아 가지고 성격도 포악하고 더럽지. 그냥 똥 밟았다 생각하게나."

독고천은 고개를 끄덕이며 한숨을 내쉬더니 중년인에게 고기를 건네주었다.

중년인이 고기를 받아 들고는 손을 흔들었다.

"재촉한 거 미안하네. 수고하게나."

중년인과 홍의 소녀가 나가자 오늘 손님은 끝인 듯 더 이상 사람들이 들어오지 않았다.

독고천이 푸줏간 문을 닫고 의자에 털썩 주저앉았다.

절로 한숨을 나왔다.

자신의 처지가 처량하기 그지없었다.

마도천하(魔道天下)를 이뤄서 마도인의 꿈을 이룬 후 무의 극의를 이루겠다는 생각은 어느새 뒷전이었다.

하루하루 살기도 막막할 정도였다.

내공을 끌어 올리지 못한다는 것이 말할 수 없을 정도의 상실감을 독고천에게 느끼게 하고 있었다.

문득 독고천이 자신을 손을 내려다보았다.

극한의 훈련으로 인해 손금조차 없어진 투박한 손.

그러나 이곳에선 삼류고수보다도 못한 취급을 받고 있었다.

말 그대로 괴물들이 이곳엔 즐비했다.

강호에는 기인이사가 모래알처럼 많다더니, 그것이 사실이었다.

자신이 최고라며 한때 자신했던 과거가 문득 창피해졌다.

무의 극의가 눈앞에 있다며 수련을 등한시했던 하루하루가 떠올랐다.

게다가 그놈의 자만심 때문에 정파의 고수들에게 암습을 당하지 않았는가.

항상 자만심을 버려야 한다며 수하들에게 열변을 토했지만, 정작 자신이 자만심을 아주 깊게 간직하고 있었다.

처음 수련했을 때가 생각났다.

하루하루 검병을 쥘 때마다 그의 몸에서는 연신 활력이 솟았고, 하루하루 미친 듯이 수련했다.

살수 시절에는 주어지는 휴가마저 수련으로 가득 채울 정도였다.

그러나 교주가 된 후부터 자만심이 깊게 자리 잡고 있던 것이다.

또한 마도인으로서의 기본 마음가짐조차 물러 터져 있었다.

독고천의 주먹이 불끈 쥐어졌다.

'초심(初心)…….'

*　　*　　*

일이 끝난 후에 독고천은 미친 듯 검을 휘둘렀다.

흘러내린 땀이 마르고, 소금기가 의복에 배일 정도로 휘둘렀다.

땀내가 풀풀 풍기며 온몸은 근육통으로 비명을 내질렀다.

하지만 독고천의 검은 한시도 멈추지 않았다.

잠은 한 시진도 자지 않았다.

잠시 운공하는 것으로 잠을 대신했다.

그리고 독고천의 눈빛은 깊은 호수마냥 한층 더 깊어지기 시작했다.

그걸 지켜보는 이평정의 눈은 흔들릴 수밖에 없었다.

처음에는 촌장 어르신께서 부탁하는 바람에 억지로 일을 시켰다.

일도 잘 못하고 표정 관리도 안 되는 외부인에게 내심 불만도 많았다.

물론 밖으로 의견을 잘 내뱉지 않는 이평정이었기에 조용히 넘어가는 편이 많았다.

그런데 수련을 하기 시작하면서 외부인의 말수는 점점 줄어들었다.

하지만 그에 반해 칼솜씨는 일취월장하기 시작했다.

검을 이상하게 쥐는 나쁜 버릇도 순식간에 고쳐 버렸고, 어찌 보면 이제 주인인 자신보다 더 나을 정도였다.

독고천이 휘두르던 검이 허공을 꿰뚫었다.

파앗!

순간, 허공이 일그러졌다.

곧바로 독고천의 검이 바닥을 찍더니, 좌우로 튕겨졌다.

슈슈슉.

바람 가르는 소리가 이평정의 귓가에 앵앵거리며 울려 퍼졌다.

독고천의 몸에서는 땀이 비 오듯 흐르고 있었지만, 표정만큼은 더할 나위 없이 개운하고 밝아 보였다.

문득 이평정이 자신의 손을 내려다보았다.

아버지인 이포후에게 쾌검을 배우고 푸줏간을 물려받았지만, 무언가 항상 허전했다.

그런데 드디어 허했던 것을 채울 수 있는 기회가 찾아온 것 같았다.

이평정이 가게에서 검을 들고 나왔다.

척.

그리고 독고천 옆에 섰다.

검을 휘두르던 독고천이 이평정을 보고, 다시 손에 쥐어진 검을 보고는 무심히 고개를 끄덕였다.

동시에 독고천의 검과 이평정의 검이 허공을 가로질렀다.

새앵—

태양이 저물어 가는 붉은 노을 아래에서 두 사내의 땀이 흘러내리고 있었다.

*   *   *

"그동안…… 고생하셨……."

이평정이 조심스럽게 쌓여 있는 약재를 건네주었다.

독고천은 약재를 조심스레 품 안에 갈무리했다.

"그동안 고맙고 미안했소."

"아니, 그다지 미안할 거는……."

이평정이 말을 더듬자 독고천이 가벼운 미소를 짓고는 걸음을 옮겼다.

점점 흐려져 가는 독고천의 뒷모습을 바라보는 이평정의 손이 떨리고 있었다.

어느 정도 걸었을까.

의원이 알려 준 지도를 훑어보던 독고천이 고개를 끄덕였다.

"여기군."

깔끔한 초가집에는 깃발이 나부끼고 있었다.

점창(點蒼).

낡았지만 힘 있게 바람에 휘날리는 깃발.

점창이란 단어를 보자 독고천의 표정이 미묘하게 변했다.

그러나 이내 어깨를 들썩였다.

'다행이군. 점창의 고수와는 은원이 없으니.'

독고천이 초가집 앞에 서서 외쳤다.

"누구 계시오?"

우당탕탕!

순간, 초가집 안에서 시끌벅적한 소리가 들려왔다.

끼익.

그리고 이내 조용해지더니 문이 열렸다.

모습을 드러낸 이는 한껏 볼이 상기된 사내였는데, 인상
이 매우 말끔했다.

그러나 식은땀을 흘리고 있는 것이 왠지 묘했다.

"하아, 아버지인 줄 알았네. 아버지가 아니야. 나와도 돼."

순간, 청의사내 뒤로 백의여인이 조심스레 얼굴을 내밀었
다.

매우 청초한 얼굴이었는데, 지나가던 이가 한 번쯤 뒤돌
아볼 정도로 아름다운 얼굴이었다.

그러나 얼핏 보면 매우 차가운 인상이었기에, 감히 범접

하기 어려운 분위기가 풍겼다.

그 순간, 백의여인의 앙증맞은 입술이 열렸다.

"넌 누구냐?"

아름다운 얼굴을 지닌 여인의 말투 치고는 매우 거친 편이었다.

자연 독고천의 입에서 튀어나오는 말도 거칠어질 수밖에 없었다.

"의원님의 소개로 왔다."

의원이라는 말에 청의사내가 고개를 끄덕이며 밖으로 나왔다.

"아, 그 외부인이라는 분이시군요. 영약을 받아야한다는?"

"그렇소."

독고천이 고개를 끄덕이자 사내가 포권을 하며 정중히 말해 왔다.

"장우천입니다. 이쪽은 한후입니다."

그러자 뒤에 있던 백의여인이 고개를 까닥였다.

독고천이 마주 포권했다.

"어떤 일을 도와드리면 되겠소?"

독고천의 물음에 장우천이 고개를 갸웃거리며 턱을 쓰다듬었다.

"그게, 따로 도와주실 일이 없는데……."

고개를 갸웃거리던 장우천이 순간 저 멀리서 걸어오는 무언가와 눈이 마주쳤다.

그러자 장우천이 경악하며 부들부들 몸을 떨기 시작하더니 힘없이 중얼거렸다.

"아, 아버지……. 분명 오늘 밤에 오신다고……."

순간, 저 멀리서 걸어오던 백의 노인이 눈앞에 떡하니 나타났다.

탁.

그 엄청난 경공술에 독고천이 혀를 내둘렀다.

갑자기 백의 노인이 장우천을 쳐다보더니, 슬쩍 집을 힐긋거렸다.

순간, 한후가 급히 얼굴을 숨겼다.

그러나 백의 노인의 얼굴은 이미 울긋불긋하게 변한 뒤였다.

"내가 한후랑 어울리지 말라고 했지!"

그러자 숨어 있던 한후가 얼굴을 배꼼 내밀었다.

"그건 차별이라고 생각한다."

한후의 무심한 말투에 백의 노인이 화병이 도지는지 이마를 쓰다듬었다.

그리고 조심스럽게 장우천에게 속닥였다.

"쟤랑 놀면 빙후(氷后)가 온단 말이야, 빙후가!"

순간, 장우천의 표정이 굳어졌다.

그러나 애써 미소를 지었다.

"하지만 전 한후가 좋단 말이에요."

"뒤에 빙후가 있는데도 말이냐?"

백의 노인이 되묻자 장우천이 쉽사리 대답하지 못했다.

그러자 백의 노인이 그것 보라는 듯 고개를 내저었다.

"하여튼 재랑은 그만 만나고. 그나저나 이분은 누구신가?"

백의 노인이 슬쩍 독고천을 쳐다보았다.

그러자 독고천이 입을 열었다.

"의원님의 소개로 왔소."

그러자 백의 노인이 알았다는 듯 고개를 끄덕였다. 그리고 품속에서 무언가를 건네주었다.

"우리는 뭐 도와줄 일이 따로 없습니다. 그냥 영약을 가져가시면 됩니다."

그러자 독고천이 고개를 내저었다.

"이렇게 쉽게 받을 수 없소."

순간, 독고천과 백의 노인의 눈이 마주쳤다.

그러자 백의 노인이 씨익 웃었다.

"보아하니 은원에 얽매이는 것 같은데, 좋소. 그럼 이 영약을 받고 나중에 나가게 되면 언젠가는 점창의 고수와 만날 일이 있을 것입니다. 그렇지 않겠습니까?"

백의 노인의 말에 독고천이 고개를 끄덕였다.

그러자 백의 노인이 만족한 듯 입을 열었다.

"그럼 그 점창의 고수에게 이것을 건네주시면 됩니다."

말과 동시에 백의 노인이 품속에서 무언가를 꺼냈다.

그것은 다름 아닌, 한 권의 서적이었다.

독고천이 서적을 받아 들자 백의 노인이 눈을 찡긋거렸다.

"점창의 비전(秘典)입니다. 은원을 중요시하는 분이니 쉽사리 열어 보진 않을 거라 믿겠습니다."

독고천이 고개를 주억거리자 백의 노인이 약재를 건네주었다.

"이게 원하시던 영약입니다. 그럼."

백의 노인이 씨익 웃더니, 장우천의 엉덩이를 사정없이 걷어찼다.

"이놈아, 내가 이러라고 가르쳤더냐?"

장우천과 백의 노인은 연신 투탁거리며 초가집 안으로 들어갔다.

그 모습을 바라보던 독고천이 슬쩍 옆을 흘겨보았다.

한후라 불린 백의여인이 멀뚱히 독고천을 쳐다보고 있었다.

"뭘 보냐?"

한후가 거침없이 말하자 독고천이 고개를 내저었다.

"아무것도 안 본다."

그러자 한후가 고개를 끄덕였다.

잠시 정적이 흐른 뒤, 한후가 입을 달싹였다.

"영약이 필요하다고?"

"그렇다면?"

"우리 집에도 와야겠네?"

한후의 말에 독고천이 잠시 머뭇거리다가 고개를 끄덕였다.

그러자 한후가 갑자기 팔을 위로 쫙 벌렸다.

독고천이 고개를 갸웃거리자 한후가 말했다.

"업어라."

第二章

백지낭인(白紙浪人)

"으헝헝!"

다 큰 처녀가 길바닥에서 울고 있었다.

그녀는 다름 아닌 한후였다.

오만했던 아까의 모습과는 달리 한후는 땅에 주저앉은 채 연신 훌쩍이고 있었다.

그 모습을 내려다보던 독고천이 고개를 절레절레 내저었다.

그러자 한후가 열불이 난 듯 외쳤다.

"한 대만 맞아라! 한 대만!"

상황은 이랬다.

독고천은 당연히 업어 주지 않았고, 화가 난 한후는 갑작스레 공격을 해 왔다.

한후가 뛰어난 무공을 지니고 있다고는 하지만 경험이 부족했고, 세월이란 것은 무시할 만한 성질의 것이 아니었다.

결국 독고천을 단 한 대도 때리지 못하자 자기 스스로 폭발하고 만 것이었다.

사실 독고천은 무심한 표정을 짓고는 있었지만, 내심 경악했다.

한후가 쓴 무공은 분명 북해빙궁의 무공이었다. 그중 뛰어난 빙공이라 소문난 소수빙공을 자유자재로 구사하고 있었다.

북해빙궁의 무공을 보게 되자 독고천은 새삼 씁쓸함을 느낄 수밖에 없었다.

함박웃음을 짓던 자운룡의 얼굴이 눈앞에 아른거리는 듯했다.

순간, 갑자기 독고천이 무릎을 굽혔다.

쓰윽.

그 모습에 한후가 의아한 표정으로 독고천을 쳐다보았다.

그러자 독고천이 퉁명스럽게 말했다.

"안 업힐 거면 말고."

그러자 한후가 갑자기 벌떡 일어서더니 독고천의 등에 업혔다.

독고천이 몸을 일으키자 한후의 입가가 살짝 움직였다. 어느새 차가운 무표정으로 돌아와 있었지만, 기쁜 마음을 숨기지 못하는 듯 보였다.

독고천은 슬쩍 뒤를 흘겨보고는 내심 미소를 지었다.

얼핏 보니 자운룡과 한후의 얼굴 생김새가 닮은 것 같기도 했다.

'악연이라 할지라도 인연은 인연이구나.'

한 걸음씩 걸어가는 독고천의 표정은 무언가 슬퍼 보였다.

숲 속을 나오자 멀리 아담한 전각이 눈에 들어왔다.

한가객잔(澣家客棧).

"여기다."

갑자기 한후가 소리치며 등에서 내려서더니 객잔 안으로 뛰어 들어갔다.

독고천이 그 뒤를 쫓아서 들어갔다.

북적북적.

객잔 내에는 의외로 사람들이 북적였다.

물론 커다란 객잔은 아니지만, 이 정도 손님이 있을 정도라면 은거괴동이라는 괴상한 마을의 규모가 꽤나 크다고 봐야 했다.

독고천이 들어서자 객잔 내의 사람들의 시선이 고정되었다.

"막내 아니냐?"

"막내야, 술 좀 따라 봐라."

"어허, 빨리 오지 않고!"

그리고 객잔 내의 사람들이 연신 킬킬거렸다.

무례한 태도였지만 독고천은 개의치 않았다.

이미 이 마을 주민들의 성격을 어느 정도 봐 왔으니 말이다.

그때, 곱상한 외모의 중년인이 모습을 드러냈다.

그 뒤에는 한후가 얼굴만 내민 채 숨어 있었다.

"무엇 때문에 왔나?"

중년인의 물음에 독고천이 답했다.

"의원님의 소개로 왔소."

그러자 중년인이 고개를 끄덕였다.

그의 얼굴에는 주름도 별로 없고, 백발이라는 것 외에는 정말 젊어 보였다.

젊을 적에 잘난 얼굴로 여자깨나 울렸을 것만 같았다.

"난 한원기다."

중년인이 자신을 소개하자 독고천이 고개를 끄덕였다.

"독고천이오."

"알고 있다."

한원기가 고개를 끄덕이며 의자에 앉았다. 그러고는 말을 이어 나갔다.

"점소이가 없다. 이곳은."

"그렇소?"

독고천의 물음에 한원기가 고개를 끄덕이더니, 갑자기 구석에서 무언가를 꺼내 들고 왔다.

탁.

그것은 때가 묻어 더러워진 백의와 은색 빛이 나는 쟁반이었다.

"이것들이 무엇이오?"

독고천이 의아한 듯 백의와 쟁반을 보며 말하자 한원기가 무표정한 얼굴로 입을 달싹였다.

"일하면 된다. 지금부터."

*　　*　　*

파르르.

쟁반을 들고 있는 독고천의 손은 떨렸다.

절정의 벽을 뚫으면서 근력은 뛰어나다고 자부했던 독고천이다.

그러나 쟁반의 무게가 장난이 아니었다. 족히 칠십 관은 넘을 듯싶었다.

결국 독고천은 끙끙거리며 쟁반을 들고 가다가걸음을 옮기다가 쟁반을 엎고 말았다.

쿠당탕탕!

음식물이 바닥에 쏟아지자 언제 나타났는지 모를 한후가 킬킬거렸다.

"하하, 아저씨 보래요."

그리고 독고천이 찌릿하고 쳐다보자 한후가 순식간에 모습을 감췄다.

예전에는 툴툴거리면서 묵직한 말투만 쓰던 한후가 어느 순간부터 독고천을 놀리기 시작했다.

그리고 말투도 가벼워졌다.

독고천은 참담한 표정으로 음식물을 주워 들고는 주방으로 들어갔다.

'내공만 쓸 수 있다면……'

그러나 단전은 꿈적도 하지 않았다.

독고천은 한숨을 내쉬며 새로 나온 음식을 쟁반 위에 올려놓았다.

그리고 쟁반을 들어 올리며 몸을 부들부들 떨었다. 독고천이 힘겹게 탁자 앞에 도착하자 흑의 노인이 히죽 웃어 왔다.

"막내, 힘드냐?"

"괜찮소."

독고천이 식은땀을 흘리며 말하자 흑의 노인이 어깨를 들썩였다.

"원래 수련이 그런 것 아니겠냐. 힘들어야 수련이지. 눈만 감고 깨달음 그거 하나 잡아 볼라고 만날 눈만 감는 것보다 때론 이런 게 필요한 법이지. 특히 막내, 너 같은 경우에는 말이야."

흑의 노인의 말속에는 뼈가 담겨 있었다.

독고천이 멍하니 노인을 쳐다보았지만 흑의 노인은 더 이상 할 말이 없는 듯 차를 홀짝였다.

독고천은 대기 의자에 앉은 채 멍하니 흑의 노인의 말을
곰곰이 생각해 보았다.

벌컥.

그러던 중 객잔 문이 열리자 독고천이 벌떡 일어섰다.

"어서 오시오."

객잔 내에 족히 열 명은 넘는 손님이 동시에 들어섰다.

독고천의 다리가 절로 떨렸다.

'……젠장.'

그렇게 삼 주야가 흘렀다.

＊　　　＊　　　＊

"어서 오시오."

어느새 독고천은 쟁반 두 개를 양옆에 낀 채 능수능란하
게 움직이고 있었다.

"아, 만두 한 접시 주게나."

"예."

독고천이 곧바로 주방으로 들어가더니, 잠시 후 자연스럽
게 손님에게 만두를 건네주었다.

탁.

"고맙네."

"아니오."

독고천이 살짝 고개를 까닥이더니 주방 근처로 걸어갔다.

그리고 널브러져 있는 쟁반들을 하나둘씩 정리해 나갔다.

쟁반이 쌓여 있는 곳은 바닥이 파일 정도로, 쟁반의 무게는 상상을 초월하고 있었다.

그러나 독고천은 능숙하게 쟁반들을 들고 나르고 있었다.

주방에 있던 접시와 찻잔들도 엄청난 무게를 자랑했는데, 독고천은 땀 한 방울 흘리지 않은 채 설거지를 했다.

촤아아.

바쁜 정오가 지나가자 언제 왔는지도 모르게 다가온 한원기가 독고천의 어깨를 툭, 쳤다.

독고천이 뒤를 돌아보자 한원기가 불쑥 품안으로 무언가를 넣어 주었다.

"약재다. 고생했다. 잘 가라."

제 말만 하고는 밖으로 나가 버리는 한원기였다.

잠시 멍하니 있던 독고천이 어깨를 으쓱이더니 품 안을 슬쩍 만졌다.

'이제 한 개 남았다.'

*   *   *

의원이 건넨 지도를 살펴보던 독고천의 발걸음은 숲 속으로 향하고 있었다.

숲 깊숙이 들어갈수록 폭포수의 청명한 소리가 선명히 들려오기 시작했다.

촤아아.

독고천은 폭포 근처로 향했다.

거대한 높이의 폭포수는 독고천의 가슴을 뚫어 주듯 시원스레 쏟아져 내렸다.

폭포에 손을 담가 세수를 했다.

어푸어푸.

차가운 기운이 정신을 더욱 맑게 해 주었다.

"이제 마지막이군."

새로이 각오를 다진 독고천은 다시 걸음을 옮겼다.

그리고 얼마 지나지 않아 적당한 크기의 전각이 눈에 들어왔다.

독고천의 걸음이 순간 멈춰졌다. 전각에서 살기가 내뿜어져 나오고 있었다.

감당하지 못할 정도는 아니었지만, 전각에 가까워질수록 살기의 농도는 더욱 짙어져 갔다.

심지어 뺨 근처가 따끔거릴 정도였다.

스릉.

독고천이 검을 뽑아 들자 살기가 감쪽같이 없어졌다.

독고천은 조용히 온몸의 신경을 곤두세우며 전각 쪽으로 다가갔다.

타앗.

순간, 백의사내가 독고천을 덮쳐왔다.

너무나도 빠른 공격이었기에 독고천은 저도 모르게 땅을

굴렀다.

그런 후 급히 몸을 일으키려 했지만 여의치가 않았다. 어느새 두 번째 공격이 독고천의 목을 찔러 오고 있었기 때문이다.

파팟.

독고천은 다시금 땅을 굴렀다.

그 순간, 세 번째 공격이 들어왔다.

독고천이 급히 다리를 쩍 벌리자 그 사이로 검이 꽂혔다.

꽈직.

독고천의 신형이 튕기듯 일어나며 백의 사내를 찔러 갔다.

하지만 독고천의 검이 가른 것은 빈 허공뿐이었다.

백의사내의 신형이 흐릿해지더니, 어느새 독고천의 옆에 돌아와 있었다.

그와 동시에 독고천의 허리춤이 베였다.

스윽.

"크윽!"

독고천이 급히 물러나며 백의사내의 움직임을 쫓았다.

백의사내의 움직임은 매우 빨랐으며, 신형이 흐릿하게 보일 정도로 기묘했다.

그러던 한순간, 백의사내가 떡하니 멈춰 섰다.

"누구인가?"

백의사내의 물음에 독고천은 경계를 늦추지 않은 채 입을 열었다.

"의원님의 소개로 왔소."

그러자 갑자기 백의사내가 품속으로 손을 집어넣더니 무언가를 꺼내 독고천에게 던졌다.

휙.

독고천이 낚아채자 백의사내가 입을 달싹였다.

"그게 영약이다."

독고천이 영약을 품속에 갈무리하자 백의사내가 고개를 끄덕였다.

"계약 성립이다."

"무슨 소리요?"

"영약을 받았으니 나와 대결해야 한다."

독고천이 어처구니없다는 듯 쳐다보고 있으려니 백의사내의 신형이 흐릿해졌다.

순간, 독고천이 기겁하며 옆으로 피했다.

가공할 살기가 담긴 공격이 연신 급소를 노려 왔다.

슈슛.

독고천이 때때로 검을 휘둘렀지만, 백의사내는 가볍게 검을 쳐 낼 뿐이었다.

"그깟 공격으로는 곧 죽는다."

순간, 백의사내의 검이 얼굴을 찔러 왔다.

독고천이 기겁하며 고개를 숙였다.

후웅.

그러나 다 피하진 못했는지 독고천의 뺨에서 피가 흘러내렸다.

이윽고 독고천의 얼굴에 차가운 미소가 드러났다.

"그래. 해보자, 이거지?"

순간, 독고천의 검이 허공을 갈랐다.

팟.

내공 한 점 실리지 않았지만, 엄청나게 날카로운 공격이었다.

백의사내가 묵직하게 검으로 받아쳤다.

까앙!

백의사내와 독고천이 서로를 노려보았다.

그리고 씨익 웃었다.

하루가 흘렀다.

여전히 독고천과 백의사내의 검은 멈추지 않았다. 서로 연신 급소를 노렸고, 약간이라도 긴장을 풀면 어김없이 피를 보았다.

이틀이 흘렀다.

독고천과 백의사내의 눈가에는 어두운 빛이 그려졌다.

하지만 그들의 검은 여전히 날카로웠고, 슬슬 그들의 의복은 걸레가 되어 갔다.

그렇게 다시 하루가 흘렀다.

독고천이 기합성을 내지르며 검을 길게 찔러 넣었다.

슈슈슛.

백의사내가 급히 옆으로 몸을 빙글 돌렸다.

그러나 독고천은 검을 회수하지도 않은 채 백의사내에게 그대로 달려들었다.

백의사내의 눈동자가 순간 흔들렸다.

그사이 독고천의 주먹이 백의사내의 얼굴에 꽂혔다.

퍼억!

백의사내가 뒤로 널브러졌다.

독고천이 거친 숨을 몰아쉬며 철푸덕 땅에 주저앉아 버렸다.

"내가 이긴 것 같은데 말이지."

널브러져 있던 백의사내가 입을 열었다.

"좋은 검이었다."

그 말에 독고천은 씨익 웃어 보였다.

백의사내가 상체를 일으키고는 작게 입을 달싹였다.

"난 천진종이다."

"독고천이다."

그 순간, 천진종이 갑자기 모습을 감추었다.

갑작스런 상황에 독고천이 어리둥절하며 주위를 살펴볼 정도였다.

분명 내공을 쓰지 못하는 자신을 위해서 내공 없이 상대하는 배려를 보여 주었다.

만약 그가 내공을 썼다면 분명 독고천이 졌을 것이다.

그만큼 천진종은 강한 검객이었다.

어찌 됐든 일 주야 동안 끊임없이 검만 휘두르자 독고천의 뇌리 속에 머물러 있던 잡념들이 없어져 있었다.

말 그대로 상쾌했다.

수련을 하며 하루하루 살아가던 그 시절로 돌아간 것 같았다.

문득 독고천이 검을 내려다보았다.

반짝.

검신이 번쩍였다.

독고천이 떨리는 다리로 힘겹게 몸을 일으켰다.

저 멀리 하늘을 올려다보던 독고천이 나직이 중얼거렸다.

"끝났군."

*   *   *

독고천은 멍하니 촌장의 얼굴을 쳐다보았다.

하지만 촌장이 빙긋 웃어 보일 뿐이었다.

그러더니 조금 전에 했던 말을 다시금 들려주었다.

"나가면 됩니다."

"그러니까…… 원래 그냥 시간만 지나면 알아서 풀리는 것인데, 그냥 농으로 날 속였단 말이오?"

독고천이 천천히 곱씹듯 묻자 촌장이 단호히 고개를 내저었다.

"부정적인 분이군요. 덕분에 얻은 게 적지 않았을 텐데 말입니다."

푸근한 미소와 달리 촌장의 몸에서 알지 못할 현묘한 기운이 스멀스멀 피어올랐다.

부르르.

순간, 독고천의 온몸이 짓눌리며 갑자기 독고천의 단전이 꿈틀거렸다.

독고천이 눈을 빛내며 내공을 움직였다.

그러자 붉은 마기가 폭발할 듯 넘쳐흐르기 시작했다.

막혔던 혈맥들이 폭포수마냥 하나둘씩 시원스레 뚫린 것이다.

촤아아.

그런데도 바위에 짓눌린 것마냥 밀려드는 압력은 변함이 없었다.

내공을 되찾으면 충분히 상대할 수 있을 거라 여겼는데, 촌장의 존재감은 독고천의 상상을 훨씬 뛰어넘었다.

급기야 독고천이 고통으로 신음을 흘리기 시작했다.

"으윽."

순간, 촌장이 손을 내저었다.

휙.

그러자 밀려들던 압박이 거짓말처럼 사라졌다.

독고천이 깊은 한숨을 내쉬었다.

촌장은 다시금 빙긋 웃었다.

"우리 마을은 이제 아예 폐쇄된 곳으로 옮길 예정입니다. 독고 소협이 우리 마을의 마지막 방문객인 셈이지요."

촌장의 말에 독고천이 의아한 듯 물었다.

"왜 옮기는 것이오? 만약 당신들이 무림에 모습을 드러낸다면 그 누구도 당해 내지 못할 것이오."

독고천의 말에 촌장이 씨익 웃었다.

"우리 모두는 강호의 거친 풍랑을 겪은 사람들입니다. 더이상 강호와 관련되고 싶지 않습니다. 단지 독고 소협과는 인연이 닿았기에 이렇게 짧은 시간이나마 만날 수 있던 겁니다."

부드러운 가운데 단호함이 담긴 촌장의 말에 독고천은 고개를 주억거렸다.

사실 독고천 역시 느끼고 있었다. 마을 사람들의 웃음 뒤에 숨겨진 어두운 무언가를.

마을 입구까지 안내해 준 촌장은 멀어지는 독고천을 향해 손을 흔들며 중얼거렸다.

"독고 소협이 자만심을 버리면……."

독고천이 입구 밖으로 한 걸음을 내딛자 마치 귀신처럼 한순간에 모습이 홀연히 사라졌다.

그 모습을 바라보던 촌장이 입을 달싹였다.

"……커다란 깨달음이 찾아올 겁니다."

*　　*　　*

　한 발자국을 내딛었을 뿐인데 주위의 배경이 순식간에 변했다.

　"돌아왔군."

　독고천이 깊게 숨을 내쉬며 만족한 듯 고개를 끄덕였다.

　"하아."

　깊게 숨을 들이마신 독고천이 몸을 돌려 바위 아래를 살펴보았다.

　땅이 깊게 파여 있는 것을 보아, 누군가가 주먹을 내려찍은 것 같았다.

　흔적으로 미루어 보아 상대는 절정에 이른 것이 분명해 보였다.

　만약 그것에 격중당했다면 찍소리도 못한 채 저세상으로 갔을 것이다.

　바위 아래에는 투박한 필체로 은거괴동이란 글자가 적혀 있었다.

　비록 짧은 시간이었지만 많은 것을 얻게 해 준 곳이었다.

　또한 진법 덕분에 생명도 구했지 않은가.

　독고천이 바위를 향해 정중히 포권을 했다.

　"고맙소."

　고개를 들어 올린 독고천의 얼굴에는 옅은 미소가 그려져 있었다.

하지만 그도 잠시, 독고천의 얼굴에 맺힌 미소가 서서히 사라지고 이내 차가운 표정이 드러났다.

당장에라도 서리가 내릴 것 같을 정도로 냉혹한 표정.

'정파 놈들……'

은원을 갚을 시기가 온 것이다.

단순 무력으로 뒤집어엎을까 생각도 했지만, 너무나도 단순했다. 무력으로 엎고 나면 왠지 허탈한 기분만이 들 것 같았다. 새로운 방법으로 복수를 해야 했다. 마인다운 잔인한 복수를.

*　　*　　*

광서성에 기묘한 소문이 돌기 시작했다.

떠돌이 무사가 광서성을 돌아다니며 문파를 깨고 있다는 것이었다.

그런 후에는 어떤 종이에 그 문파의 이름을 적는다고 했다.

또한 떠돌이 무사에게 진 문파는 봉문을 해야 한다는 내용이었다.

심지어 삼 년 동안은 강호에 어떤 일이 있더라도 나서면 안 된다는 서약까지 받아 간다고 했다.

이러한 떠돌이 무사들의 괴행(怪行)은 예전부터 많이 있어 왔으며, 결국엔 큰 문파에게 무너지는 것이 그들의 말로였기에 그리 크게 신경 쓰이는 소문은 아니었다.

"누구시오?"

대문을 지키고 있던 무사 한 명이 길을 막아섰다.

무사 앞에는 흑의를 입은 사내가 서 있었다.

흑의는 이미 걸레가 되어 너덜너덜했고, 오랫동안 씻지 않았는지 사내에게서는 악취가 진동했다.

또한 수염과 머리카락이 지저분하게 자라 있었다. 흑의사내의 허리춤에는 흙먼지가 묻은 검집이 매여 있었다.

흑의사내가 무심히 물었다.

"이곳이 몽산파가 맞나?"

흑의사내의 물음에 무사가 헛웃음을 짓더니 대문 위를 가리켰다.

"위에 보면 모르나? 몽산파라고 적혀 있잖소."

"장문인을 불러라."

흑의사내의 나직한 말에 무사가 순간 귀를 의심했다.

"지금 뭐라고 했소?"

"장문인을 부르라고 했다."

"이런 빌어먹을 거렁뱅이 새끼가!"

순간, 무사는 흑의사내에게 달려들어 혼쭐을 내주려 했으나 뜻을 이루지 못했다.

흑의사내의 검병이 무사의 눈앞에 닿아 있었기 때문이다.

"꿀꺽."

무사가 침을 삼켰다.

흑의사내가 나직이 말했다.

"장문인을 불러라."

그제야 검에서 해방된 무사가 급히 대문 안으로 뛰어 들어갔다.

후다닥.

"장문인! 장문인!"

무사의 호들갑에 전각 안에서 날카로운 인상의 청의 중년인이 모습을 드러냈다.

본래 이런 일에는 장로나 총관이 나서는 것이 맞지만, 몽산파는 그리 큰 문파가 아니었다.

그런 까닭에 대부분의 일을 장문인이 직접 처리하고 있었다.

무사가 허겁지겁 달려오자 청의 중년인이 인상을 찌푸렸다.

"무슨 일이냐?"

"괴, 괴한이 나타났습니다."

무사의 말에 청의 중년인은 긴장을 하며 대문으로 걸어 나갔다.

떠돌이 무사에 대한 소문을 들은 터였기에 금세 사정을 파악한 것이었다.

과연 대문에는 흑의사내가 서 있었다.

"몽산파(朦山派)의 장문인인가?"

건방진 말투에 청의 중년인이 한숨을 내쉬었다. 보나마나 삼류 무공을 믿고 돈이나 얻으러 온 파락호 같았다.

"그렇다면 어쩔 거냐?"

"나와의 대결에서 진다면 봉문을 선언하고, 삼 년간 강호와의 인연을 끊어라."

흑의사내의 무심한 말에 청의 중년인이 검을 뽑아 들었다.

"호랑이 무서운 줄 모르는구나. 그깟 삼류 무공 하나 배웠다고 감히……!"

채 말이 끝나기도 전에 청의 중년인의 신형이 흑의사내에게 쏘아져 나갔다.

타앗!

"이놈!"

청의 중년인의 일갈과 함께 검이 휘둘러지려던 찰나,

흑의사내의 검이 빛을 뿜었다.

사악!

드러난 결과는 처참했다.

뒤로 널브러진 청의 중년인의 검은 반 토막이 났고, 의복은 걸레가 되어 있었다.

청의 중년인이 멍하니 흑의사내를 올려다보았다.

그러자 흑의사내가 품속에서 무언가를 꺼냈다.

그것은 기다란 서신이었는데, 이미 몇 개의 문파명과 장문인의 이름이 적혀 있었다.

모두들 청의 중년인과 친분을 가지고 있는 친우들이었다.

그중에는 광서에서 손꼽히는 문파도 있었다.

"이 녀석들도 졌단 말인가……."

청의 중년인의 멍한 시선과 흑의사내의 무심한 눈빛이 마주쳤다.

결국 흑의사내의 눈빛을 이겨 내지 못한 청의 중년인은 참담한 표정을 지으며 고개를 끄덕일 수밖에 없었다.

그에 흑의사내가 품속에서 단검을 꺼내 청의 중년인의 검지를 찔렀다.

퓨슷.

청의 중년인의 검지에서 피가 흘러나왔다.

청의 중년인은 손을 떨며 힘겹게 문파명과 이름을 서신 위에 적었다.

덜덜.

청의 중년인은 망연자실한 채 고개를 푹 숙였다.

무인으로서의 자부심이 한순간에 무너지는 순간이었다.

하지만 흑의사내는 전혀 아랑곳없이 할 일이 끝났다는 듯 망설임 없이 대문 밖으로 나가 버렸다.

그 뒷모습을 청의 중년인과 무사는 멍하니 지켜볼 수밖에 없었다.

*   *   *

"멈추어라! 누구냐?"

문지기가 어깨에 힘을 주며 물었다.

그러자 흑의사내가 무심히 말했다.

"정호파(鼎湖派)가 맞나."

"그렇다!"

"장문인을 불러라."

그 말에 문지기의 시선이 흑의사내의 의복으로 향했다.

때가 꼬질꼬질한 흑의에 악취까지 풍겨 왔다.

그제야 상대가 누구인지 파악한 문지기가 경악하며 대문 안으로 뛰어 들어갔다.

후다닥.

"장문인! 장문인! 그 미친놈이 왔습니다!"

전각 안에서 백의를 말끔히 차려입은 고고한 모습의 중년인이 뛰쳐나왔다.

"미친놈이라면…… 그 백지낭인(白紙浪人) 말이냐?"

"예, 그놈이 맞는 것 같습니다!"

어느샌가 흑의사내는 백지낭인이라 불리고 있었다.

하얀 백지를 들고 다니며 문파들을 하나둘씩 접수해 나가는 낭인이라는 뜻이었다.

듣기로는 광서성을 돌아다닌다 했는데, 벌써 광동성까지 온 모양이었다.

백의 중년인이 급히 소리쳤다.

"제자들은 모두 집합해라!"

순식간에 삼십여 명이 연무장 앞으로 모여들었다.

영문을 몰라 웅성거리는 그들에게 백의 중년인이 숨을 고르더니 이윽고 입을 열었다.

"백지낭인이 본 파를 찾아왔다고 한다."

순간, 제자들의 웅성거림이 더욱 커졌다.

그러자 백의 중년인이 손을 내저었다.

"걱정하지 말거라. 내가 손수 처리하겠다."

자신만만한 호언장담에 제자들이 환호성을 내지르며 백의 중년인의 뒤를 따랐다.

백의 중년인이 회심의 미소를 지었다.

씨익.

'듣도 보도 못한 한 놈이 광서성을 접수했을 리가 없다. 분명 암습을 했던 것이겠지. 제자들이 보는 앞에서 암습을 할 순 없겠지.'

백의 중년인이 대문 앞에 서자 흑의사내가 물었다.

"정호파의 장문인이 맞나?"

"그렇다."

"질 경우 봉문을 선언하고, 차후 삼 년간 강호의 일에서 손을 떼라."

흑의사내의 말에 백의 중년인이 씨익 웃었다.

"광오하구나. 덤벼라."

순간, 백의 중년인의 검이 뽑혔다.

스릉.

맑은 검명이 울리자 제자들이 환호성을 내질렀다.

하지만 흑의사내는 거칠 것이 없었다.

성큼성큼 걸음을 옮긴 흑의사내는 느닷없이 검병을 들어 내리찍었다.

백의 중년인이 급히 검을 들어 올려 막으려 했지만, 허무하게도 검신이 그대로 박살나 버렸다.

더 이상 막아설 것이 없자 흑의사내의 검병이 백의 중년인의 얼굴을 내리찍었다.

꽈직.

백의 중년인은 속절없이 뒤로 널브러졌다.

너무나도 어처구니없는 상황.

백의 중년인은 도저히 믿을 수 없는 현실에 멍하니 흑의사내를 올려다보았다.

"이게 도대체……."

흑의사내가 품속에서 서신을 한 장 꺼내더니, 백의 중년인을 보여 주었다.

광서에 위치한 대소문파의 이름과 장문인들의 이름이 나열되어 있었다.

몇몇 이름은 피로 쓰여 있었는데, 피로 쓰여진 필체는 보는 것만으로도 섬뜩한 기분을 들게 했다.

그나마 몇 개는 먹으로, 그러나 떨림이 확연히 들여다보이는 필체로 쓰여 있었다.

흑의사내가 묵묵히 품에서 단검을 꺼냈다.

탁.

그 순간, 백의 중년인이 급히 손사래를 쳤다.

"먹을 가져오거라!"

백의 중년인은 정호파라는 문파명과 자신의 이름을 힘없이 적어 내려갔다.

슥슥.

그런 그의 표정은 참담했다.

흑의사내는 서신을 갈무리하고는 거침없이 대문 밖으로 나가 버렸다.

백의 중년인과 모여 있던 제자들은 허탈한 표정으로 대문을 바라볼 뿐이었다.

                    *   *   *

남중원(南中原)이 들썩였다.

광서와 광동의 문파들이 봉문을 선언한 것이다. 물론 표면상으로는 활동을 이어 나갔지만, 실질적인 강호에서의 일에 손을 놓은 것이다.

즉, 지역 내에서의 대소사는 상관하지만, 중원의 대소사에는 신경 쓰지 않는다는 행보였다.

물론 봉문을 선언하고 다시 활동을 재개할 수도 있었다.

하지만 그건 강호인으로서의 자존심 문제였다.

그런 고리타분함이 깊게 박혀 있는 곳이 바로 강호라는

곳이었다.

백지낭인의 소문은 날로 부풀어져 갔으며, 어느새 쾌검낭인(快劍浪人)이라는 명호로 바뀌어 있었다. 그의 검을 받아내는 자도 없을뿐더러, 그의 검을 제대로 본 사람조차 전무했기에 쾌검이란 명호가 지어진 것이었다.

그의 목적은 무엇이고, 그의 목적지는 어디인지 남중원인들이 궁금해하기 시작했다.

그리고 대부분의 남중원인들이 다음 목적지로 복건성을 뽑았다.

*　　*　　*

대전파(大田派)의 장문인은 하루하루가 고민이었다. 광서와 광동의 문파를 굴복시켰다는 쾌검낭인이라는 놈 때문에 새치가 늘어날 정도였다.

놈은 복건성으로 향하고 있다는데, 마침 복건성의 문파는 몇 개 없었다.

그리고 광동에서 가장 가까운 문파는 대전파였던 것이다.

애써 평정심을 다잡으려 다도를 하고 있던 참에 갑자기 밖에서 누가 뛰어 들어왔다.

타타닥.

"장문인!"

"말해 보거라."

무심히 말했지만 장문인의 속은 내심 불안했다.

아니나 다를까.

"쾌, 쾌검낭인이 나타났습니다!"

'이런 떠그랄.'

불길했던 예감이 맞아떨어진 것이다.

장문인은 묵묵히 검집을 허리춤에 차더니, 몸을 일으켰다.

"나가 보자."

장문인이 밖으로 나와 보니 허름한 차림의 흑의사내가 무심히 말해 왔다.

"대전파의 장문인인가?"

"그래, 다 알고 있다. 네가 바로 쾌검낭인이라지?"

장문인의 물음에 흑의사내는 답하지 않았다.

그러자 장문인이 검을 뽑아 들었다.

그리고 외쳤다.

"쳐라!"

순간, 제자들이 어리둥절해하더니 곧바로 병장기를 뽑아 들며 흑의사내를 덮쳐 갔다.

"우와아!"

그리고 장문인은 망연자실할 수밖에 없었다.

흑의사내가 한 번 검을 휘두를 때마다 제자 두세 명이 나가떨어지고 있었다.

열 번 정도 휘둘러지자 그 많던 제자들이 모두 땅바닥에 널브러진 채 신음을 토하고 있었다.

"으으."

결국 무의미한 저항을 포기한 장문인이 한숨을 내쉬었다.

"서신을 주게."

흑의사내가 품 안에서 서신을 꺼내 들었다.

그러자 장문인이 언제 준비했는지 모를 붓으로 문파명과 이름을 적었다.

휙휙.

흑의사내가 망설임 없이 떠나자 제자들은 어처구니없다는 듯 장문인을 올려다보았다.

그러자 장문인은 아무렇지 않다는 듯 하늘을 올려다보며 헛기침을 했다.

"험험, 하늘이 맑구나."

그날 이후, 대전파의 장문인은 바뀌었다.

*   *   *

이제는 남중원뿐 아니라 전 강호가 들썩이기 시작했다.

광서, 광동, 복건, 절강, 강서, 호남, 귀주의 모든 문파들이 쾌검낭인의 검에 속절없이 무너진 것이다.

물론 그곳의 문파들 중에는 구파일방과도 같은 거대 문파는 없었지만, 나름 세력이 거대한 문파도 있었다.

하지만 결과는 같았다.

모두 일검도 버티지 못한 채 널브러진 것이었다.

더욱 놀라운 사실은, 그 와중에 한 명의 사망자도 없다는 것이었다.

본래 대결이라는 것은 실력 차이가 많이 날수록 부상이 나질 않았다.

실력이 비슷해야 생사지결로 이루어져 사망자도 생기는 법이었다.

그런 점에서 볼 때 쾌검낭인의 무공은 절정이라 불려도 손색이 없을 정도였다.

호사가들은 쾌검낭인의 다음 목적지를 예측하며 호기심을 키워 갔다.

운남.

그리고 모두들 고개를 내저었다.

이제 쾌검낭인의 무적행도 끝이라는 얘기였다.

운남에는 점창(點蒼)이 있으니.

구파일방의 한자리를 차지하고 있으며, 강호팔대고수 중 한 명인 유운검제(流雲劍帝) 종일사가 있는 명문정파.

그게 바로 점창파가 지니는 위상이었다.

그리고 이제껏 그 누구도 점창의 벽을 단신으로 깬 자는 없었다.

그러한 현실에도 불구하고, 호사가들의 관심은 운남으로 집중되어 있었다.

탁.

"크으."

나직한 탄성과 함께 거한이 술잔을 탁자에 내려놓았다. 거한은 곧 수염에 묻은 술을 소매로 닦았다.

스윽.

"그나저나 그 쾌검낭인이라는 놈이 운남에 온다는 게 확실한 건가?"

거한의 말에 마주 앉아 있던 중년인이 고개를 끄덕이며 술을 들이마셨다.

"크으, 맞다니까. 이삼 주야 전만 해도 귀주에 있었으니 지금쯤 운남에 도착했겠지."

그러자 거한이 술을 들이마시며 소채를 집어먹었다.

"빨리 점창 앞에 좌판이라도 깔아야 하는 거 아닌감?"

"좌판은 왜?"

중년인이 묻자 거한이 킬킬거렸다.

"세상에서 제일 재미난 게 불구경하고 싸움 구경 아닌가."

중년인이 그 말이 맞다는 듯 고개를 주억거리며 히죽거렸다.

"한데 그 쾌검낭인이라는 놈은 왜 문파를 깨고 다니는 거지?"

"그건 나도 모르지. 확실한 건 나쁜 놈은 아니라는 거지."

거한이 만두를 우물거리며 말하자 중년인이 고개를 갸웃거렸다.

"그건 왜 그런가?"

"거, 소식 못 들었나? 그 쾌검낭인 놈하고 싸운 문파 중에 죽은 사람이 없다고 하이."

"그게 사실이라면 정말 대단한 놈이군."

중년인이 술잔을 들이켜며 말하자 거한이 만두를 우물거리며 고개를 끄덕였다.

"암암, 그런데 꼭 쾌잔낭왕하고 비슷하구만. 명호도 그렇고 말이야."

쾅!

중년인의 말에 거한이 갑자기 술잔을 내려놓고는 인상을 찌푸리며 투덜거렸다.

"쾌잔낭왕이라니, 그건 옛날 명호야. 지금은 무정마제(無情魔帝)라 불리고 있다네. 그리고 그런 잔혹한 놈하고 쾌검낭인의 행보는 다르지."

"무정마제? 왜 그렇게 바뀐 건가?"

중년인이 고개를 갸웃거리며 묻자 거한이 고개를 절레절레 내저었다.

"그놈 손속이 너무나도 잔혹하다고 붙여진 명호일세. 물론 문파를 깨는 것은 비슷하지만, 무정마제 놈은 살려 두는 사람이 없었다네. 잔인한 놈이지. 그에 반해 쾌검낭인은 얼마나 정당한가. 순수하게 자기 스스로 극한에 다다르게 하기 위한 수련이잖나. 그러다 진 문파는 스스로 문까지 걸어 잠그잖나. 나 같아도 창피해서 얼굴도 못 들고 다니겠다. 무정마제 놈은 그저 살인마일 뿐이지."

거한의 설명에 중년인이 몸을 부르르 떨었다.

"그럼 그 무정마제 놈은 지금 어디에 있나?"

"그건 모르지. 뭐, 예전에는 자신을 이기는 자에게 모든 것을 받치겠느니 뭐니 하면서 사람들을 죽이고 다니더니, 요즘은 소식이 뜸하구먼. 뭐, 잘됐지. 그깟 나쁜 놈, 어디서 비명횡사했겠지 뭐."

거한과 중년인이 킬킬거리며 술잔을 마주쳤다. 그 순간, 갑자기 객잔 문이 벌컥 열리며 한 사내가 허겁지겁 달려 들어왔다.

"헉헉."

객잔 내에 있던 이들의 시선이 모여들자 사내가 외쳤다.

"저, 점창에 쾌검낭인이 나타났다!"

"뭐야? 쾌검낭인이 나타났어?"

"빨리 일어들 나세. 구경거리가 생겼군!"

갑자기 객잔 내의 사람들이 모두 자리를 박차고 일어나 밖으로 향했다.

우르르.

"손님들! 계산은 하셔야죠! 계산! 으으……."

빠져나가는 손님들을 잡아채려 했지만, 상대는 무인이 아니던가.

점소이의 힘만으로는 역부족이었다.

망연자실하고 있던 점소이 옆으로 객잔 주인이 스쳐 지나갔다.

"주인님! 어디 가십니까!"

점소이가 외치자 객잔 주인이 힐끗 뒤를 돌아보더니 한마디를 남겼다.

"쾌검낭인 보러 간다!"

홀로 남겨진 점소이만이 멍하니 객잔 밖을 바라볼 뿐이었다.

* * *

점창파의 대문 앞은 북새통이었다.

"우리도 보여 달라고!"

"맞다! 우리도 볼 권리가 있단 말이야!"

"문을 열어라!"

점창파의 문지기들이 연신 식은땀을 흘리며 세인들의 입장을 막아섰다.

갑자기 어디서 달려왔는지 모를 사람들이 연신 문을 열라며 재촉이었다.

중간 중간 쾌검낭인 어쩌구 하는 소리가 들리는 것을 보아, 아마도 누가 헛소문을 퍼뜨린 것 같았다.

"이곳에 쾌검낭인은 오지 않았소!"

"거짓말 마라!"

세인들이 연신 구박하자 문지기 중 한 명이 울컥하며 소리쳤다.

"쾌검낭인이 없다고 하지 않았소! 그 쾌검낭인이라는 자가 오면 내가 문을 열어 주지, 안 열어 주었겠소!"

그런데 그 순간, 갑자기 북새통이었던 산문 앞이 쥐 죽은 듯 고요해졌다.

그리고 사람들이 양옆으로 갈라지며 저 멀리서 흑의를 입은 사내가 터덜터덜 걸어오고 있었다.

터벅터벅.

후줄근한 흑의에 악취, 그리고 먼지로 뒤덮인 검집을 맨 사내였다.

"쾌, 쾌검낭인이다!"

누군가의 외침에 세인들이 환호성을 내질렀다.

그리고 문지기들은 벌레 씹은 표정이 되었다.

"이봐, 문을 열어. 아까 말했잖나. 사내가 한 입으로 두말하는 건 아니겠지?"

세인들이 연신 재촉하자 문지기들은 당황했다.

정말로 쾌검낭인이 나타날 줄이야.

그 순간, 대문이 안에서부터 열리기 시작했다.

끼이익.

세인들의 시선이 대문으로 집중되었다.

그곳에서는 태양 문양이 그려져 있는 백의를 차려입은 사내들이 걸어 나오기 시작했다.

세인들이 환호성을 내질렀다.

"우와, 점창의 검객들이다!"

묵묵히 걸음을 옮기던 점창의 검객들은 흑의사내의 지척 앞에 멈춰 섰다.

순간, 점창 검객들 사이에서 말끔한 인상의 중년인이 모습을 드러냈다.

"점창의 장춘이오."

사일검(射日劍) 장춘은 사일검법의 고수로 유명했다. 태양을 꿰뚫는다는 광오한 의미가 담긴 검법이 바로 사일검법이었다.

그만큼 쾌검의 정점에 오른 검법이었으며, 관통력은 타의 추종을 불허했다.

장춘이 포권을 해 보이자 흑의사내는 고개를 까닥였다.

점창이라는 대문파를 상대로 어찌 보면 무례하기 짝이 없는 행동이었다.

그러나 장춘은 표정 하나 바뀌지 않고 입을 열었다.

"쾌검낭인이라는 분께서 왜 본 파를 방문하였는지는 묻지 않겠소. 하지만 본 파에 도전하는 순간, 귀하의 목숨은 보장하지 못하오."

일순 세인들의 몸에 전율이 흘렀다.

역시 점창이었다.

저것이 바로 구대문파 중 하나이자, 검의 명가인 점창의 멋이었다.

강자만이 쓸 수 있는 말이었다.

그들은 잠시 잊고 있었다.

점창의 힘은 결코 작지 않다는 것을.

그럼에도 흑의사내는 아무 말 없이 검을 뽑아 들었다.

그러자 장춘도 조용히 검을 뽑아 들었다.

주변에는 정적이 감돌았다.

그러던 어느 찰나, 장춘의 신형이 비틀거리며 흑의사내에게로 쏘아져 나갔다.

검에서 붉은빛이 흘러나오며 무언가가 검극에 맺혀 갔다.

흑의사내의 검과 장춘의 검이 맞부딪치는 순간, 붉은빛이 터져 나갔다.

쾅!

흑의사내가 뒤로 물러섰다.

얼핏 그 모습만으로는 장춘이 유리한 것으로 보였다.

그러나 장춘의 입가에서는 어느새 옅은 핏물이 흘러내리고 있었다.

주륵.

장춘이 소매로 핏물을 닦으며 검병을 다시 움켜쥐었다.

바로 그때, 흑의사내의 검이 바람을 타고 흐르듯 비틀거리기 시작했다.

구경꾼들은 모두 고개를 갸웃거렸지만, 장춘의 눈은 경악으로 물들었다.

어느새 흑의사내의 신형마저 이리저리 비틀거리면서 검을 휘두르기 시작했다.

장춘은 경악하며 검을 맞부딪쳤다.

채앵!

장춘의 검이 비틀렸다.

빠르지도, 강하지도 않았다.

하지만 흑의사내의 검에서 기묘한 변화가 일어나고 있었다.

마치 허공의 여러 곳을 점하는 듯한 공격이었는데, 화려했다.

그리고 남은 공간마저 모두 찔러 가는 검법은 극한의 쾌검이었다.

장춘이 떨리는 목소리로 중얼거렸다.

"백족검법(百足劍法)……."

갑자기 흑의사내의 검이 표홀해지기 시작하더니, 장춘의 의복을 꿰뚫기 시작했다.

슉슉.

장춘은 어쩌지도 못한 채 흑의사내의 공격을 온몸으로 받아냈다.

흑의사내의 검이 태극의 문양을 그리듯 원을 그리며 장춘의 몸을 찔러 왔다.

장춘이 멍하니 입을 달싹였다.

"금협검법(今夾劍法)……."

장춘의 찢겨진 의복 사이로 혈선이 그어졌다. 그러나 장춘은 여전히 멍한 눈빛으로 흑의사내의 검술을 바라보고만 있었다.

자신의 생사를 도외시한 채 장춘은 그저 흑의사내의 검로에 빠져 있었다.

일순, 흑의사내의 검이 장춘의 이마를 노리며 찔러 왔다.

슈우욱.

장춘이 급히 검을 들어 올려 검면으로 공격을 막았다.

까앙!

부드러운 움직임과 달리, 밀려오는 엄청난 충격에 장춘이 뒤로 널브러지며 신음을 터뜨렸다.

"으윽."

장춘의 검은 두 동강 나 있었다.

그러나 장춘은 부러진 검을 쳐다보지도 않은 채 멍하니 중얼거렸다.

"천룡무상검법(天龍無上劍法)까지……."

하나같이 앞부분만 남긴 채 실전되어 버린 점창의 비전 검술들이었다.

비록 뒷부분은 모르지만 앞부분의 초식들은 이미 익히고 있었기에 점창의 검법임을 충분히 알 수 있었다.

철컥.

어느새 흑의사내가 검을 갈무리하고는 장춘에게 성큼성큼 다가왔다.

그런 후, 무심히 입을 열었다.

"장문인에게 안내해라."

第三章

교주불허(教主不許)

점창의 장문인, 유운검제 종일사가 무릎을 꿇고 있었다.

강호팔대고수 중 한 명이라는 정파의 기둥이 무릎을 꿇고 있는 모습은 가히 충격적이었다.

"정말 감사드리오."

종일사가 고개를 푹 숙이며 정중히 말하자 흑의사내가 고개를 까닥였다.

종일사가 말을 이었다.

"그나저나 장우 사형은 잘 지내고 계신 것이오?"

흑의사내가 다시 고개를 끄덕이자 종일사가 만족한 듯 고개를 주억거렸다.

남중원에 울려 퍼지는 쾌검낭인의 명성은 익히 들어왔다.

그리고 운남에 도착했다기에 종일사는 곧바로 장춘을 내

보냈다.

장춘은 점창파의 차기 기둥이 될 인재이자, 뛰어난 검객이었다.

그렇기에 믿고 내보낸 것인데, 겨우 삼 검 만에 무너졌다는 소식을 듣고 자신이 직접 나서려 했다.

그런데 장춘이 쾌검낭인이라는 작자를 대동하고 장문인실로 들어오는 게 아닌가.

그리고 쾌검낭인이라는 작자의 품속에서 세 개의 비급이 불쑥 나왔다.

그것은 점창파의 실전되었던 세 개의 검법이었다. 놀란 마음에 비급을 건네준 사람의 인상착의를 들어보니 장우 사형과 일치했다.

"그 장우라는 사람이 잘 건네주라고 하더군."

흑의사내의 말에 종일사는 눈물을 흘렸다.

점창이 힘들 때마다 장우 사형이 그리웠던 종일사였다.

그런데 어디선가 잘 지내고 있다 하니, 야속하면서도 무언가 안심이 되었다.

세 개의 비급을 얻게 된 점창은 푸른 하늘을 비상할 것이고, 예전보다 더욱 뛰어난 검객들을 배출해 낼 수 있을 것이다.

종일사의 눈이 이글거렸다.

그 모습을 바라보던 흑의사내가 입을 열었다.

"어찌할 것인가?"

흑의사내의 물음에 무릎을 꿇고 있던 종일사가 벌떡 몸을 일으켰다.

그러고는 씨익 웃었다.

"그건 별개 아니겠소? 나와 붙어서 이긴다면 그때 서약해 드리겠소."

종일사가 벽에 걸려 있던 검을 집어 들고는 성큼성큼 걸음을 옮겼다.

흑의사내는 묵묵히 그 뒤를 따랐다.

연무장에서 다다른 두 사람은 서로 대치했다.

스릉.

종일사가 가볍게 검을 뽑아 들자 흑의사내도 검을 뽑았다.

"꿀꺽."

점창의 제자들이 침을 삼켰다.

강호팔대고수 중 한자리를 차지한 장문인이 질 리는 만무했다. 단지 제자들 중 장문인의 무위를 직접 본 제자들이 드문 탓에 절로 기대가 되는 것이다.

제자들의 눈에는 작은 움직임 하나라도 놓치지 않겠다는 듯 집념이 엿보였다.

종일사는 탐색하려는 듯 천천히 몸을 움직였다. 그에 반해 흑의사내는 조용히 종일사를 바라볼 뿐이었다.

순간, 종일사가 검을 휘둘렀다.

까앙!

한 번의 충돌 후, 종일사가 급히 뒤로 물러섰다.

'빈틈이 없는데……'

종일사가 흑의사내의 오른편으로 돌기 시작했다.

그에 따라 흑의사내 역시 종일사의 움직임을 쫓아 천천히 움직였다.

슉슉.

갑자기 종일사의 검극에서 붉은빛이 흘러나왔다.

점창의 제자들이 탄성을 내질렀다.

"사일검법이다!"

그때, 종일사의 검극이 흑의사내의 목젖을 찔러 갔다.

휙.

흑의사내의 검이 종일사의 검극을 쳐 냈다.

그러나 곧바로 종일사의 검이 흑의사내의 허리춤을 베어 갔다.

스륵.

흑의사내의 허리춤에 옅은 혈선이 그려졌다.

종일사가 뒤로 물러서며 씨익 웃었다.

그러나 흑의사내는 아무 동요 없이 조용히 종일사의 검극을 쳐다보았다.

이해할 수 없는 흑의사내의 태도에 종일사가 고개를 갸웃 거리다, 문득 검극을 훑어보고는 경악했다.

검극이 뭉툭해져 있었다.

뾰족했던 검극이 일그러져 있던 것이다.

'어느새!'

종일사는 내심 탄성을 내질렀다.

자신의 사일검법을 극성으로 검끝에 모아 쏘아냈는데, 오히려 검극이 박살 난 것이었다.

제자들은 눈치채지 못한 듯 흑의사내가 피를 보이자 환호성을 내질렀다.

종일사는 쓴웃음을 지었다.

'검귀로군.'

오십 년간 검을 휘둘러 왔지만, 이 정도로 빠른 쾌검은 정말 오랜만이었다.

마치 지기를 만난 듯 반가운 한편, 호승심이 불타올랐다.

점점 종일사와 흑의사내의 검이 빨라지기 시작했다. 연무장은 고요한 정적에 뒤덮인 채 그들의 검 부딪치는 소리만이 울려 퍼졌다.

채채채챙!

점창의 제자들은 그저 멍하니 입을 벌렸다.

차원이 달라도 너무 다른 대결이었다.

검의 모습조차 보이지 않았고, 뿌연 형체와 소리만이 들렸다.

장춘이 조용히 연무장을 바라보며 제자들에게 말했다.

"장문인께서 너희들에게 점창의 검을 보여 주고 계시는 거다. 하나라도 놓치지 말거라."

하지만 장춘조차 종일사와 흑의사내의 모든 모습을 잡아 내지는 못하고 있었다.

'무섭구나.'

검을 휘두르는 종일사의 얼굴에서는 점점 땀이 흘러내렸다.

그러나 흑의사내는 여전히 무표정을 유지하고 있었고, 그다지 힘이 들어 보이지도 않았다.

종일사가 이를 악물며 더욱 빨리 검을 움직이기 시작했다.

흑의사내도 그에 맞춰 검을 휘두르는 속도를 높여 갔다.

슈슉.

순간, 종일사의 손목 부근이 삐걱거리더니, 극심한 고통이 몰려왔다.

너무나 빠른 쾌검을 구사하다 보니 손목이 비틀린 것이었다.

동시에 종일사의 뇌리에 무언가 스쳐 지나갔다.

'설마……'

설마가 사실이었다. 종일사의 실력을 보고자 흑의사내가 봐주고 있던 것이다.

종일사의 검이 느려지면 흑의사내의 검도 느려졌고, 종일사의 움직임이 빨라지면 그에 맞춰 흑의사내의 움직임도 빨라졌다.

종일사의 얼굴이 수치심으로 붉어졌다.

그 순간, 흑의사내의 검이 명치를 찔러 왔다.

종일사가 급히 검으로 후려쳤다.

그러나 흑의사내의 검은 뱀처럼 휘어지더니, 정확히 종일사의 명치를 검병으로 내려찍었다.

퍽!

"컥."

종일사가 명치를 부여잡으며 뒤로 널브러졌다. 구대문파의 장문인이 연무장에 널브러진 모습은 수치와도 같았다.

점창의 제자들이 울컥하자 종일사가 손을 내저으며 몸을 일으켰다.

종일사가 검을 집어넣으며 헛기침을 몇 번 하더니, 흑의사내에게 다가갔다.

흑의사내가 검을 철컥 검집에 집어넣더니 서신을 꺼내 들었다.

종일사가 웅후하게 외쳤다.

"지필묵을 가져오거라!"

제자가 급히 지필묵을 가져오자 종일사가 서신을 한 번 훑더니 시원스럽게 적어 내려갔다.

점창(點蒼) 종일사(宗昤絲).

'잠시 웅크릴 때가 왔구나. 하긴 그동안 쓸데없이 강호의 모든 대소사에 관여했지. 도사 본연의 길을 벗어나 있었군.'

종일사가 쓴웃음을 지었다.

"귀하는 대체 어떤 일을 저지르려 하는 거요?"

"때가 되면 알겠지."

휙.

흑의사내가 그 말을 끝으로 몸을 돌려 점창 밖으로 나가 버렸다.

그 뒷모습을 바라보던 종일사가 깊은 한숨을 내쉬었다.

'피바람이 불는지, 아니면……..'

*　　*　　*

강호가 발칵 뒤집혔다.

구대문파 중 점창이 당했다는 소문은 날개를 단 듯 중원 전역에 퍼져 나갔다.

그것도 장문인인 유운검제 종일사가 직접 당했다는 소식 은 호사가들을 경악케 했다.

유운검제 종일사가 누구인가.

절정의 검객이자, 유운검법 하나만으로 절정의 경지에 오 른 강호팔대고수가 아니던가.

거기다 쾌검낭인의 소문은 부풀고 부풀어, 강호팔대고수 의 실력을 뛰어넘었다고 알려지기 시작했다.

강호팔대고수인 유운검제가 힘도 제대로 써 보지 못한 채 무너졌으니 그것은 당연하다고 보는 호사가들도 꽤나 있었다.

강호무림맹에 속해 있던 점창은 약속을 지키고자 봉문을 선언해 버렸다.

갑작스런 점창의 봉문 선언에 강호무림맹조차 당황했으며, 다른 구대문파들도 난처한 상황이었다.

그러나 점창은 묵묵부답일 뿐이었다.

솔직히 점창쯤 되는 대문파면 그깟 봉문 선언 정도는 번복할 수 있었다.

그러나 점창은 약속을 지킨다며 굳건히 문을 닫아 버렸다.

점창이 이렇게 나오니 사태는 점점 첩첩산중으로 향해 갔다.

점창이 표본이 되어 버렸으니, 다른 문파들도 대결에서 질 경우에 봉문을 해야 하는 처지가 되어 버린 것이었다.

분위기가 그렇게 흘러가고 있었다.

갑자기 등장한 절정고수의 출현에 강호는 흥분의 도가니로 빠져들었다.

현재의 무림 정세는 강호무림맹이 거의 모든 문파들을 흡수하다시피 하고 있었다.

뛰어난 고수가 튀어나온다 할지라도 수적으로 밀릴 수밖에 없기에 그 누구도 강호무림맹의 심기를 거스르려 하지 않았다.

그런데 그런 강호의 질서 속에서 새로운 반항아가 나타난 것이었다.

봉문 선언서를 들고 다니며 강호팔대고수 중 한 명을 꺾은, 새로운 고수가 말이다.

쾌검낭인의 명호는 어느새 흑검제(黑劍帝)로 바뀌었다.

즉, 강호인들이 이제는 그를 단순히 낭인으로 취급하는 것이 아니라, 한 명의 절정고수로 대우해 준다는 의미와 일맥상통했다.

모든 정보 조직들이 흑검제의 정체를 파악하고자 대부분의 인력을 투입할 정도였다.

심지어 몇몇 호사가는 강호팔대고수에는 너무나 고리타분한 고수들만이 있다며, 흑검제를 포함시켜 강호구대고수로 바꾸어야 한다는 이들조차 있을 정도였다.

점창과의 대결 이후, 모든 호사가들은 마른침을 삼킬 수밖에 없었다.

무적행(無敵行)을 걷고 있는 흑검제의 이동 경로가 사천성으로 예상되었기 때문이다.

사천성이 어디던가.

구대문파 중 아미(峨嵋)와 청성(靑城)이 자리를 잡고 있고, 당문(唐門)까지 버티고 있는, 소위 명문정파들의 중심지라고도 할 수 있는 곳이 아닌가.

아미파는 여승들로 이루어진 구대문파 중 하나로, 소림과도 견줄 정도로 뛰어난 무공을 자랑하는 명문정파였다.

청성파는 마교 교주를 처리하며 혁혁한 명성을 떨친 청성신검(靑城神劍) 풍진이 장문인을 맡고 있는 절대검파 중 하나였다.

당문은 오대세가(五大世家) 중 하나였는데, 독공과 암기로 유명했다. 비록 사파적 기질이 짙은 세가였지만, 모두 광명정대하고 의협에 뜻을 두어 명문정파로서 뜻을 펼치는 세가 중 하나였다.

하지만 호사가들은 흑검제의 무적행이 이어지길 바라고 있었다.

어느샌가 흑검제라는 존재는 거대 문파에 짓눌린 중소 문파들의 자존심이자, 낭인들의 자존심으로 자라나 있었다.

* * *

아미파(峨嵋派).

담담한 문체로 쓰인 현판이 대문 위에 떡하니 걸려 있었다.

대문 양쪽으로는 여승들이 부드러운 미소를 머금고 서 있었다.

"어떻게 오셨습니까?"

여승의 물음에 흑의사내가 무심히 답했다.

"방장을 불러라."

순간, 여승은 직감했다.

눈앞의 사내가 무적행이라는 소문을 몰고 다니는 흑검제라는 것을 말이다.

마침내 올 것이 왔다는 느낌에 여승이 곧바로 대문 안으로 들어갔다.

후다닥.

흑검제가 나타났다는 소식에 아미의 여승들이 모두 연무장으로 모여들었다.

여승은 그들을 지나치며 방장실 앞에 섰다.

그리고 여승이 막 입을 열려던 찰나, 방장실 문이 열렸다.

스르륵.

"아."

여승이 놀라며 헛바람을 삼키자 아미파의 방장, 금정이 고개를 끄덕였다.

"그가 왔느냐?"

"예."

"앞장 서거라."

여승이 공손히 앞장서고 그 뒤를 금징이 천천히 뒤따랐다.

대문에는 낡은 흑의를 차려입은 흑의사내가 멀뚱히 서 있었다.

그 모습에 금정이 내심 탄성을 내질렀다.

'빈틈이 없구나.'

금정이 앞에 서자 흑의사내가 입을 열었다.

"아미파의 방장인가?"

"그렇다네."

금정이 고개를 끄덕이자 흑의사내는 아무 말 없이 금정을 지나 연무장으로 발걸음을 옮겼다.

그러자 금정이 고개를 주억거리며 흑의사내의 뒤를 쫓았다.

연무장 위에 금정과 흑의 사내가 마주 보고 섰다. 금정이 쓴웃음을 지었다.

"내가 진다면 봉문을 해야 하는 것인가?"

"봉문이되 봉문이 아니다. 차후 삼 년간 강호의 일에 신경 쓰지 말라는 것뿐이지."

흑의사내의 말에 금정이 한숨을 내쉬었다.

"무슨 꿍꿍이인가, 자네?"

금정의 물음에도 흑의사내는 묵묵부답이었다. 그러자 금정이 재차 물었다.

"목적이 무엇인가?"

정적이 흘렀다.

결국 답을 얻지 못한 금정은 한숨을 내쉬며 고개를 내저었다.

그러더니 곧바로 검을 뽑아 들었다.

스릉.

차디찬 검명이 울려 퍼지자 아미의 제자들이 탄성을 내질렀다.

하지만 그들의 눈빛에는 숨길 수 없는 불안감이 흘렀다.

이미 점창도 봉문했다 하지 않던가.

심지어 강호팔대고수 중 한 명인 유운검제조차 이기지 못했다 한다.

아미에는 강호팔대고수가 없었다.

그런 까닭에 제자들의 눈은 불안으로 흔들렸다.

금정도 그것을 눈치챘는지 곧바로 강공을 취했다. 금정의 검이 무서울 정도로 흔들리더니, 곧바로 흑의사내에게 날아 갔다.

팟!

순간, 흑의사내가 가볍게 신형을 박차고 올랐다.

그러자 금정이 품속에서 염주를 꺼내더니 흑의사내의 어깨춤을 내려쳤다.

흑의사내가 검집으로 쳐 내자 염주의 끈이 풀리며 알이 떨어졌다.

따악!

순간, 금정이 검지로 알을 튕겼다.

염주 알이 엄청난 속도로 흑의사내의 이마를 꿰뚫었다.

흑의사내가 검을 살짝 들어 올리자 날아오던 염주알이 반으로 쪼개졌다.

스륵.

그러나 금정은 멈추지 않고 손가락으로 연신 떨어지는 알들을 튕겼다.

타앙!

염주알들이 흑의사내의 온몸을 노려 갔다.

흑의사내가 검을 크게 휘둘렀다.

그러자 검풍과 함께 염주 알들이 갑자기 금정 쪽으로 되쏘아져 나갔다.

슈우욱!

금정이 헛바람을 들이마시며 천근추의 수법으로 급히 아래로 떨어졌다.

그런데 흑의사내가 먼저 땅에 내려와 있었다.

순간, 흑의사내의 차가운 검이 금정의 목젖에 닿았다.

번쩍.

너무나도 허무한 결과였다. 아무리 강호팔대고수 급이라 할지라도 이렇게 쉽사리 아미파의 방장을 이길 순 없었다.

흑검제의 실력이 세인들에게 얼마나 과소평가되어 있는지 새삼 깨닫는 순간이었다.

금정이 눈을 감으며 나직이 입을 열었다.

"졌네."

흑의사내는 조용히 품속에서 서신을 꺼내서 금정에게 보여 주었다.

금정이 한숨을 내쉬며 나직이 말했다.

"붓을 가져오너라."

제자가 붓을 가져오자 금정이 힘 있는 필체로 서신에 끄적였다.

흑의사내가 서신을 갈무리하자 금정이 물었다.

"시주는 참으로 머리가 좋은 것 같네."

흑의사내가 무슨 소리냐는 듯 쳐다보자 금정이 빙긋 웃었다.

"모든 걸 계획한 것이 아닌가. 구대문파 중 하나인 점창이 약속을 지켰으니 우리도 약속을 지킬 수밖에 없는 위치로 만들어 놓은 것이 아닌가."

흑의사내는 무심히 금정을 쳐다보았다.

그러거나 말거나 금정이 말을 이었다.

"지금 강호 전체가 자네로 인해 들썩이고 있네. 아미는 약속을 지키겠지만, 흐름이 곧 바뀔 걸세. 약속을 지키지 않는 문파들이 생길 것이고, 결국 비무가 아니라 문파와의 싸움으로 번질 수도 있단 말이네."

금정의 말을 조용히 듣고 있던 흑의사내가 살짝 미소를 머금으며 입을 열었다.

"그럼 더더욱 좋지."

그 말을 끝으로 흑의사내는 아미를 떠나갔다.

연무장에 홀로 남겨진 금정의 등에서는 연신 식은땀이 흘러내렸다.

금정이 슬쩍 자신의 팔을 내려다보니 소름이 돋아 있었다.

'저자는 대체……'

―아미와 점창이 무너졌다!

세인들은 경악했고, 구파일방의 나머지 문파들은 사태의 심각함을 느끼고 서둘러 움직였다.

그러나 그때, 사람들의 예상을 깨뜨리는 일이 발생했다.

아미가 깨졌으니, 그다음으로 당문과 청성파를 노림이 맞았다.

그러나 흑검제의 행방이 묘한 것이었다.

한 달이 흐르고서야, 흑검제가 중경에서 모습을 드러냈다.

구파일방에서 파견된 고수들이 급히 중경으로 향했지만, 이미 흑검제는 모습을 감춘 후였다.

구파일방에서 파견된 고수들은 다음 목적지라 예상되는 호북에서 흑검제를 기다리고 있었다.

더 이상 봉문의 희생자가 발생하여 정파의 기둥을 무너뜨리게 할 순 없었다.

하지만 흑검제는 호북에 나타나지 않았다.

난데없이 안휘에 모습을 드러냈고, 구파일방 고수들이 갔을 때는 이미 사라진 후였다.

구파일방 고수들은 머리를 써 이번에는 강소가 아닌 산동에서 흑검제를 기다렸다.

하지만 흑검제는 그들을 비웃기라도 하듯 태연히 강소에 모습을 드러냈다.

어느새 흑검제의 서신에 서명을 한 문파의 수는 백여 개에 가까워지고 있었다.

강호무림맹에서는 가입되어 있는 문파들에게 더욱 많은 고수들을 파견하라 명했다.

문파들은 아니꼬운 마음이 들었지만, 강호무림맹의 힘이 거대했기에 하라는 대로 할 수밖에 없었다.

그런데 강소에서 나타난 이후로 흑검제는 더 이상 모습을 드러내지 않았다.

귀신이 곡할 노릇마냥 말 그대로 증발해 버린 듯 흑검제의 행방은 사라지고 말았다.

혹자들은 강호무림맹 측에서 암습을 했으니 뭐니 말을 했지만, 강호무림맹 측으로도 궁금할 따름이었다.

그렇게 세인들의 온갖 억측 속에서 흑검제의 무적행에 대한 소문은 점점 잠잠해져 갔다.

*   *   *

험한 산세를 중심으로 세워진 거대한 대문. 그 뒤로는 끝도 보이지 않을 정도로 전각들이 줄지어 서 있었고, 거대한 대문을 지키는 자들에게서는 자색 기괴한 기운이 흘러나오고 있었다.

"아함, 졸리는구먼."

흑의를 차려입은 문지기가 투덜거리며 하품을 내뱉었다.

그러자 짙은 적의를 입은 문지기가 고개를 끄덕이며 마주 하품했다.

"언제 교대하려나."

"이제 곧 하겠지 뭐. 그런데 저거 뭐야?"

흑의 문지기가 한쪽을 가리키며 묻자 적의 문지기가 눈을 찌푸리며 그곳을 바라보았다.

터벅터벅.

안개 틈새에서 흑의를 차려입은 사내가 걸어오고 있었다.

"뭐지? 이 시간에 누가 찾아오기로 되어 있었나?"

"아니. 금시초문인데?"

문지기들은 고개를 내젓더니 안력을 돋워 다가오는 사내를 자세히 살펴보았다.

걸레가 되어 버린 흑의에 터덜터덜 허리춤에 매달려 있는 검집, 그리고 산발이 되어 있는 머리는 척 보아도 떠돌이인 것을 알 수 있었다.

"이런, 낭인 같은데?"

"에이, 쫓아내자."

흑의 문지기의 말에 적의 문지기가 고개를 끄덕이며 큰소리로 외쳤다.

"이놈아! 여기가 어디라고 찾아왔느냐! 썩 돌아가거라!"

적의 문지기의 말이 끝나기가 무섭게 흑의사내가 어느새

코앞에 다가와 있었다.

탁.

스릉.

문지기들은 경악하며 병장기를 뽑았다.

그만큼 흑의사내의 신위는 절로 두려움이 들게 했다.

"헉!"

문지기들은 바짝 경계하며 흑의사내에게 검을 들이대었다.

그러자 흑의사내가 품속에서 무언가를 꺼내 문지기들에게 보여 주었다.

문지기들이 슬쩍 흑의사내의 손바닥을 쳐다보았다. 흑의사내의 손바닥에는 작은 조각상이 올려져 있었다.

문지기들이 조각상을 물끄러미 쳐다보았다.

기묘하면서도 날카롭게 생긴 것이, 많이 익숙한 모양의 조각상이었다.

그랬다.

바로 천마신교의 교주임을 뜻하는 조각상이 바로 눈앞에 떡하니 있던 것이다!

문지기들의 눈이 순간 경악으로 물들었다가, 이내 무언가를 깨달은 듯 비웃으며 말을 꺼냈다.

"이놈, 감히 우리를 속이려 하느냐!"

흑의 문지기가 검으로 흑의사내를 가리켰다.

그러자 흑의사내가 무심히 흑의 문지기를 쳐다보았다. 그 모습에 흑의 문지기가 피식 웃었다.

"어찌 천마패의 생김새를 알아내서 만들었는지는 모르겠지만, 감히 어디서 사기를 치려 하느냐!"

흑의 문지기의 말에 적의 문지기도 연신 고개를 끄덕이며 날카롭게 흑의사내를 노려보았다.

"우리가 천마패를 보기만 하면, '아이고, 교주님!' 하고 문을 열어 줄 것이라 생각했더냐! 속이려면 제대로 속였어야지. 네가 교주님이라니, 지나가던 개가 웃겠구나. 교주님은 여자란 말이다!"

적의 문지기의 말에 흑의사내의 눈동자가 살짝 흔들렸다.

"교주가 여자라니?"

흑의사내가 나직이 묻자 두 문지기가 이를 갈며 외쳤다.

"이놈, 어떤 목적으로 본교에 침입하려 했는지 모르겠지만, 영 정보가 부족하구나! 네놈이 어디서 온 첩자인지 알아봐야겠다."

순간, 문지기들의 병장기가 허공을 가로질렀다.

파파팟!

당장에라도 문지기들의 병장기가 흑의사내의 팔다리를 꿰뚫을 것만 같았다.

순간, 흑의사내의 신형이 흐릿해지더니, 어느새 문지기들의 목을 부여잡고 있었다.

꽈악.

문지기들이 경악하며 바동거렸지만, 혈도를 잡혔는지 꿈

적도 못했다.

문지기들은 연신 눈동자를 굴리며 흑의사내의 움직임을 살폈다.

흑의사내가 가볍게 건드리자 육중한 대문이 서서히 열리기 시작했다.

끼이익.

문지기들의 눈이 경악으로 물들었다.

대문은 한쪽당 족히 이백 관을 넘는 무게를 자랑했다.

그런데 흑의사내의 가벼운 손짓에 대문이 열리기 시작한 것이었다.

난데없이 대문이 열리자 내당의 고수들이 모습을 드러내며 물어 왔다.

"어디서 온 누구……."

하지만 곧 문지기들이 잡혀 있는 상황을 보고는 병장기를 거침없이 뽑아들었다.

스릉.

"누구냐! 감히 여기가 어디라고 이런 짓을 한단 말이냐!"

내당 고수들의 몸에서 자색 마기가 물씬 풍겨 나왔다.

순간, 그에 질세라 흑의사내의 몸에서 붉은 마기가 흘러나왔다.

곧 붉은 마기가 허공을 뒤덮자 내당 고수들의 다리가 절로 떨렸다.

"대, 대인의 성함이 어떻게 되십니까?"

내당 고수들 중 우두머리가 조심스럽게 물었다. 이 정도의 마기를 뿜어낼 정도라면 고위급 고수가 분명했다.

가끔 본산에 처박혀 무공만 익히던 고위급 고수를 문지기들이 못 알아보는 경우가 있었다.

그럴 경우, 고수의 화를 내당 고수들이 고스란히 받아야 했다.

그러니 자연 기세를 잃을 수밖에 없었다.

저런 마기라면 결국 천마신교의 인물일 테니.

내당 고수의 조심스런 질문에 흑의사내가 잡고 있던 문지기들의 목을 놓았다.

철푸덕.

땅바닥에 쓰러진 두 문지기를 무시한 채 흑의사내가 무심히 입을 열었다.

"독고천이다."

독고천이란 말에 순간 내당 고수들이 어리둥절해했다.

사실 당연한 결과였다.

천마신교의 수뇌부 층에서는 독고천을 사상 최고의 고수라 추켜세웠지만, 아무래도 보안상 쉬쉬하는 면이 없잖아 있었다.

그렇기에 하부층의 마인들은 독고천이란 이름을 모르는 것이 당연한 일이었다.

서로 눈치를 보며 독고천이란 이름을 아느냐며 중얼거리듯 물었다.

내당 고수들의 우두머리가 난처한 표정으로 독고천을 바라보았다.

"사실 대인의 성함을 처음 듣는 것이라…… 조금만 기다려주실 수 있겠습니까? 상부에 연락을 해 보고……."

순간, 독고천의 몸에서 붉은 마기가 넘실거리며 내당 고수들을 휘감았다.

휘익.

내당 고수들이 피를 토하며 무릎을 꿇었다.

그것을 내려다보던 독고천이 무심히 말했다.

"내총관을 불러라."

그러자 내당 고수들의 우두머리가 소매로 입가에 흐르는 피를 닦으며 겨우 몸을 일으켰다.

후들후들.

그러나 충격이 엄청난지 여전히 다리가 떨리고 있었다.

"아직 대인의 정체를 모르기 때문에…… 그건 허락해 드릴 수가 없습니다. 우선 내당주께 보고를 하고……."

"내가 누군지 정말 모르는 것이냐?"

독고천의 물음에 우두머리가 고개를 연신 끄덕였다.

그러자 독고천이 허탈한 웃음을 지었다.

"지금 교주가 누구냐?"

교주라는 말에 우두머리의 표정이 굳어졌다.

"감히 교주님을 함부로 부르다니……."

우두머리가 독고천의 목을 향해 검을 날렸다.

그러나 독고천은 날아오는 검을 여유롭게 잡아내는 게 아닌가.

덥썩.

그 모습에 우두머리가 눈을 부릅떴다.

이어 독고천이 살짝 손에 힘을 주자 우두머리의 검이 박살 났다.

파직!

후두두.

검의 파편이 땅에 떨어지자 우두머리는 마른침을 삼키며 식은땀을 흘렸다.

"도, 도대체 당신은⋯⋯."

바로 그 순간, 짙은 흑의를 입은 마인들이 모습을 드러냈다.

얼핏 잡아도 수십 명은 될 것 같은 마인들.

그들은 하나같이 짙은 마기를 흘리며 달려오고 있었다.

타타탓.

마인들은 순식간에 독고천을 중심으로 진을 형성했다.

그 모습을 지켜보던 독고천이 입을 열었다.

"천마추살대군."

독고천의 말에 마인들의 눈동자가 흔들렸다.

단지 옷차림새만을 보고도 자신들이 속한 부대를 알아챈 것이다.

그에 마인들 중 덩치가 큰 거한이 앞으로 걸어 나왔다.

"귀하는 누구신데, 본 교에서 이런 무례한 행동을 하는 것이오."

거한이 물으며 독고천을 훑었다. 독고천의 몸에서는 여전히 붉은 마기가 넘실거리고 있었다.

"본 교에 소속되어 있소?"

거한의 물음에 독고천이 기가 차는지 주위를 두리번거렸다.

모든 마인들이 살기를 흘리며 언제든지 달려들 준비를 하고 있었다.

그 행동에 거한 마인이 인상을 찌푸렸다.

"만약 본 교에 속해 있다면 이해해 주시오. 문지기들이 본 교의 모든 고수의 얼굴을 익힐 수는 없지 않소이까. 존성대명이 어떻게 되시오?"

거한이 검을 내려뜨리며 정중히 물었다.

슥.

그러자 내당 고수들의 우두머리가 옆으로 다가가서 귓가에 속삭였다.

그러자 거한이 고개를 갸웃거렸다.

"독고천? 그게 귀하의 이름이 맞소?"

독고천이 고개를 끄덕이자 거한이 기억을 되새기려는 듯 눈썹을 꿈틀거렸다.

잠시 후, 거한이 한숨을 내쉬었다.

"미안하지만 그런 고수가 본 교에 속해 있는지는 잘 모르겠소. 상부에 연락을 해 보겠소."

"아니, 상부에 연락할 필요 없다."

독고천이 고개를 내저으며 말하자 거한이 고개를 갸웃거렸다.

"상부에 보고를 해야 귀하의 정체를 알고 들여보내 줄 수 있지 않겠소?"

거한의 물음에 독고천이 씨익 웃었다.

"아니, 필요없다고 했다."

순간, 독고천의 몸에서 붉은 마기가 폭사되었다.

파앙!

갑작스런 마기에 마인들이 피를 토하며 비틀거렸다.

스릉.

그러거나 말거나 독고천이 검을 뽑아 들며 중얼거렸다.

"맞다 보면 기억이 나겠지."

＊　　＊　　＊

독고천은 멍한 표정으로 단상에 앉아 있었다.

그 양옆으로 많은 노고수들이 안절부절못한 채 서 있었고, 그 앞에는 홍의를 입은 아름다운 여고수가 부복해 있었다.

잠시 멍하니 천장을 지켜보던 독고천이 천천히 입을 열었다.

"그러니까…… 장 부교주가 지금 교주라고 했나?"

부복해 있던 여고수가 고개를 숙였다.

"예."

그러자 독고천이 헛웃음을 흘렸다.

주위를 두리번거렸다.

익숙한 얼굴들이었다. 하지만 약간 다른 점은 그들의 얼굴에 주름이 한두 개씩 늘어나 있었고, 흑발이었던 자들이 몇몇 옅은 백발로 바뀌어 있을 따름이었다.

"십 년이라고 했나, 내총관?"

내총관 문장덕이 고개를 끄덕였다.

"예, 교주님이 돌아가셨다고 소문이 퍼진 이후로 십 년이 지났습니다."

독고천은 충격을 받았는지 잠시 아무 말도 없이 조용히 차를 홀짝였다.

탁.

차를 마시던 독고천이 나직이 달싹였다.

"설명해 보게."

"예, 교주님이 돌아가셨다는 소문이 강호무림맹에서 흘러나왔습니다. 심지어 강호팔대고수들 몇몇이 증인으로 나섰습니다. 물론 저희는 믿지 않았기에 많은 고수들을 곳곳에 파견하였고, 불투신투 님의 도움을 받아 광서성에 가게 되었습니다."

"불투신투?"

독고천의 물음에 문장덕이 고개를 끄덕였다.

"예. 교주님과 마지막으로 헤어지고 나서 본교로 복귀하셨습니다."

문장덕의 말에 독고천이 피식 웃었다.

그렇게 천마신교 내에서의 생활을 즐기더니, 정말로 입교까지 해 버린 모양이었다.

"그래, 계속하게나."

"예, 그러던 중 광서성에서 염화염왕대주의 영웅건을 발견하였습니다."

"염화염왕대주의 영웅건?"

독고천이 의아한 듯 묻자 문장덕이 씨익 웃으며 말했다.

"교주님의 제자도 까먹으셨습니까?"

"제자라니? 설마……."

독고천이 말끝을 흐리자 문장덕이 만족한 듯 이를 드러내 보이며 웃었다.

"제자 하나는 잘 두셨습니다. 우진후는 지금 염화염왕대의 대주를 맡고 있습니다."

독고천이 저도 모르게 입을 살짝 벌렸다.

예전 우진후에게 받은 영웅건을 검집에 매달아 놓았는데, 그것을 수하들이 발견한 모양이었다.

하지만 그것보다 놀라운 것은, 우진후가 염화염왕대의 대주가 되었다는 사실이었다.

"정말 그놈이 대주를 맡았다고?"

"예, 본 교 역사상 최연소 대주로, 만장일치로 뽑혔습니다. 무공이면 무공, 성품이면 성품. 모든 것이 완벽합니다."

그 순간, 독고천의 뇌리 속에는 여전히 어리고 성질 급했던 우진후가 스쳐 지나가고 있었다.

그런데 그랬던 우진후가 천마신교 사대무력부대 중 하나인 염화염왕대의 대주가 된 것이었다.

'세월이 오래 흐르긴 했군.'

독고천이 멍하니 있자 문장덕은 미소를 머금은 채 말을 이어 나갔다.

"삼 년 정도까지는 조용히 교주님을 찾았지만, 결국 인정할 수밖에 없었지요. 그래서 장소연 부교주께서 공식적으로 교주에 오르셨습니다."

처음에는 여자인 장소연을 교주로 올리기에는 꺼림칙한 점이 없잖아 있었다.

하지만 강자지존의 율법을 들먹이며 문장덕은 장소연을 교주로 추대했다.

그녀만큼 뛰어난 무공을 지닌 고수들도 없었고, 장소연이야말로 불세출의 고수였기 때문에 많은 고수들이 따르고 있는 터였다.

그때, 장소연이 고개를 까닥였다.

"교주님께서 돌아오셨으니 전 다시 부교주로 내려……."

하지만 독고천은 고개를 내저었다.

그러자 장소연이 의아한 듯 독고천을 올려다보았다.

"내가 죽었다고 강호에 알려져 있지 않더냐."

"맞습니다."

"그렇다면 교주 자리를 나중에 찾는 게 내가 움직이기에 더욱 유리하지. 혹 흑검제라고 들어 보았느냐?"

흑검제라는 말에 모든 이들이 고개를 주억거렸다.

요즘 강호를 연신 들썩이게 하는 고수의 명호를 모를 리가 없지 않은가.

모든 이들의 눈에서 설마, 하는 의혹이 스쳐 지나갔다.

독고천은 그들의 짐작이 맞다는 듯 고개를 끄덕였다.

순간, 모든 세인들이 눈을 부릅떴다.

흑검제라는 걸출한 인물이 본 교에도 있었다면 예전 전성기를 구사할 수 있을 텐데, 하면서 한숨을 내쉬던 장로들이었다.

그런데 그 고수가 바로 자신들의 교주였다니, 놀라울 따름이었다.

독고천은 품속에서 서신을 꺼내 문장덕에게 건네주었다.

서신을 읽어 내려가던 문장덕이 몸을 부들부들 떨었.

죽은 줄로만 생각했던 교주님이 돌아오셨다.

물거품이 되었던 중원 일통의 계획도 다시 세울 수 있을 것이다.

교주님이 돌아가시자마자 등을 돌린 새외의 문파들을 탓하며 하루하루 살아왔다.

그런데 오히려 그것들과는 상대가 되지 않을, 차원이 다른 서신이 눈앞에 떡하니 있는 것이었다.

봉문선언서(封門宣言書).

독고천이 손을 까닥이자 문장덕이 봉문선언서를 다시 건네주었다.

부르르.

그러나 문장덕은 흥분을 주체할 수 없는지 연신 몸을 떨었다.

독고천이 씨익 웃었다.

"내총관의 마음은 내가 잘 알지. 그동안 고생했네. 그나저나 명패 하나만 파 주게나. 내가 이걸 내밀었더니 수하 놈들이 구박하더군. '우리 교주님은 여자분이시다!' 라고 말이야."

부복해 있던 장소연의 뺨이 살짝 붉어졌다.

독고천이 천마패를 내밀자 내총관이 급히 받아 들었다.

"제가 빨리 명패를 판 후에 수하들에게 인식시켜 놓겠습니다. 한데 교주의 자리가 아니라면, 어떤 자리를 원하시는지……?"

독고천이 잠시 턱을 쓰다듬었다.

"그거참 애매하군. 교주인데 교주가 아니라니."

잠시 생각에 잠겨 있던 독고천이 무언가 생각났는지 입을 열었다.

"그냥 명패나 파 주게. 뭐, 내일 곧바로 나갈 예정이니 자리는 그다지 상관 없다고 느껴지는군."

"그렇게 하겠습니다."

문장덕이 고개를 조아렸다.

단상에 앉아 있던 독고천이 몸을 벌떡 일으키고는 목을 쓰다듬었다.

"염화염왕대주는 어디에 있나?"

"지금 숙소에서 휴식을 취하는 중일 겁니다."

독고천이 고개를 끄덕이더니 신형을 날렸다.

순식간에 독고천이 모습을 감추자 내실 안에 있던 모든 이들이 탄성을 내질렀다.

"본 교가 다시 일어설 수 있겠군."

몸을 일으킨 장소연의 입가에는 작은 미소가 머금어져 있었다.

"내총관."

"예, 교주님."

문장덕이 고개를 끄덕이자 장소연이 눈을 빛내며 말했다.

"외총관에게 철수시켰던 분타들을 다시 재건하라고 말하게. 그리고 태상교주님이 복귀하셨을 때 일어났던 사건들에 대해서는 함구령을 내리게."

"존명."

내총관 등 장로들이 밖으로 나가자 홀로 남겨진 장소연이 단상에 털썩 앉았다.

다 마시지 않은 차가 식어 가고 있었다.

그러나 장소연은 하염없이 찻잔을 조용히 바라볼 뿐이

었다.

* * *

꾸벅꾸벅.

백의를 말끔히 차려입은 우진후가 조용히 의자에 앉아서 졸고 있었다.

따스한 태양빛에 취한 듯 고개는 연신 끄덕이고 있었다.

슈욱.

순간, 우진후의 신형이 허공으로 솟구쳤다.

그러더니 창문 쪽으로 암기를 쏘아 보냈다.

타탓!

암기가 창문을 꿰뚫고 지나갔다.

잠시 고요한 정적이 방 안을 감돌았다.

"벌레인가?"

우진후가 고개를 갸웃거리며 창문으로 걸어갔다.

그리고 순간, 목에 닿은 차가운 감촉에 마른침을 삼켰다.

"……조용히 해."

우진후가 고개를 끄덕였다.

도대체 왜 자신에게 살수가 찾아왔는지는 모르겠지만, 우선은 처리하고 봐야 했다.

우진후는 천근추의 수법으로 밑으로 꺼졌다.

쑤욱.

하지만 검에서 벗어나기는커녕 오히려 목덜미가 잡힌 채 대롱대롱 매달린 꼴이 되었다.

"컥."

우진후는 기침을 토해 내며 목을 돌리려 했다.

꽈악.

그러나 목을 틀어쥔 힘은 점점 강해져 갔다.

우진후의 얼굴이 창백하게 변해 가자 어느새 목을 조이던 압력이 증발하듯 사라졌다.

파팟.

우진후는 곧바로 침대 쪽으로 몸을 날리고는 검을 뽑아 들었다.

스릉.

그러나 다음 순간, 우진후는 멍하니 불청객의 얼굴을 바라볼 수밖에 없었다.

우진후가 멍청한 표정을 지으며 중얼거렸다.

"……교주님?"

"잘 지냈냐?"

독고천이 씨익 웃으며 의자에 앉았다.

우진후는 아직도 믿기지 않는 듯 눈을 비볐다.

슥슥.

그러나 분명 교주가 맞았다.

"교주님, 살아 계셨습니까?"

"내가 죽길 바랐나 보지?"

독고천이 이죽거리자 우진후가 연신 고개를 내저으며 다가왔다.

그리고 독고천의 얼굴과 몸을 찬찬히 훑었다.

"지, 진짜로 교주님이네……."

"대주가 되었다고 하더군."

독고천이 묻자 우진후가 고개를 끄덕이며 검을 집어넣었다.

"염화염왕대를 맡게 되었습니다. 분에 겨운 직책이죠."

"알긴 하는군."

독고천이 중얼거리자 우진후가 피식 웃으며 반대편 의자에 앉았다.

"도대체 어떻게 된 겁니까?"

우진후의 물음에 독고천이 간단히 상황을 설명했다.

이야기를 듣는 내내 우진후의 눈동자는 더 이상 커질 수 없을 만큼 확대되었다.

그러고는 감탄이 담긴 어조로 말을 꺼냈다.

"정말 다행입니다, 교주님."

우진후의 눈동자에서는 진심이 흘러나왔다.

그 모습에 독고천이 괜스레 헛기침을 하며 주위를 훑었다.

"그나저나 잘 꾸몄군."

"감사합니다. 한데 다른 장로들은 어떤 반응이었습니까, 교주님?"

우진후의 물음에 독고천이 고개를 살짝 저었다.

"장 교주가 있는데 내가 무슨 교주냐?"

장 교주라는 말에 우진후가 그제야 장소연을 떠올린 듯 고개를 주억거렸다.

"하지만 교주님께서 돌아오셨으니 당연히……."

독고천이 단호히 고개를 내저었다.

"당분간은 자유의 몸으로 돌아다닐 예정이다."

자유라는 말에 우진후가 피식 웃었다.

"그럼 또 나가실 겁니까?"

독고천이 고개를 끄덕이자 갑자기 우진후의 눈동자에서 묘한 빛이 흘러나왔다.

독고천은 그 눈빛을 읽고 물었다.

"나가고 싶냐?"

"예."

우진후가 고개를 연신 끄덕였다.

그러자 독고천이 슬쩍 주위를 두리번거리더니 손짓을 했다.

"그럼 나가자."

"예? 지금요?"

우진후가 놀라며 묻자 독고천이 검지로 입을 가리며 조용히 하라는 표정을 지었다.

우진후가 급히 입을 다물고는 독고천을 바라보았다.

슈육.

순간, 독고천의 신형이 창문을 뚫고 쏘아져 나갔다.

우진후는 잠시 고민하는 듯하더니 이내 몸을 날리며 독고천의 뒤를 쫓았다.

第四章
화산개방(華山丐幇)

"교주님, 그런데 어디로 가는 겁니까?"

우진후의 물음에 독고천이 걸음을 멈추었다. 그러고는 지도를 펼쳤다.

"섬서다."

그 말에 우진후가 고개를 갸웃거렸다.

"섬서에는 왜 갑니까?"

"섬서에는 화산이 있지."

화산이라는 말에 우진후의 표정이 달라졌다.

드디어 천마신교의 마인으로서 강호를 종횡할 수 있는 기회가 찾아온 것이다.

그러나 기쁨도 잠시. 우진후가 슬쩍 자신의 몸을 내려다보고는 한숨을 내쉬었다.

우진후의 몸에서는 자색 마기가 은은히 흘러나오고 있었다.

"교주님."

독고천이 슬쩍 바라보자 우진후가 자신의 몸을 가리켰다.

"저도 가고는 싶지만, 제가 마기를 흘리고 있어서……."

순간, 독고천이 손을 흔들었다.

휘익.

곧 웅후한 내력이 전신을 감싸자 우진후가 놀라며 자신의 몸을 내려다보았다.

이게 웬일인가.

자색 마기가 보이지 않았다.

우진후가 놀라 입을 쩍 벌린 채 독고천을 바라보았다.

그러자 독고천이 별거 아니라는 투로 말했다.

"자연의 기운을 사용하면 된다."

자연의 기운이란 말에 우진후는 입을 다물 생각을 못했다.

누군들 자연의 기운을 모르겠는가.

단지 너무나도 거대하고 심오하여 아무도 사용하지 못하는 경지가 바로 자연의 기운이었다.

"교, 교주님, 이게 도대체……."

독고천이 인상을 찌푸리자 우진후가 급히 입을 다물었다.

"우린 화산으로 갈 거다."

독고천의 말에 우진후가 고개를 끄덕였다.

"장문인의 목을 따러 가는 겁니까?"

우진후 역시 교주가 강호팔대고수들에게 암습을 당하여 그동안 실종되었다는 것을 알았다.

특히 은원을 중요시하는 교주이니, 복수를 위해서 무엇인가를 할 것이 분명했다.

하지만 우진후의 기대와 달리 독고천은 고개를 내저었다.

"그럼 재미없지 않겠나."

독고천의 목소리가 낮게 깔리자 우진후가 마른침을 삼켰다.

독고천의 입가에는 차가운 미소가 걸려 있었다.

*   *   *

진사운은 잠이 오질 않아 벌떡 일어났다.

밖으로 나오자 차가운 새벽공기가 정신을 맑게 해 주었다.

"휴."

진사운이 한숨을 내쉬며 주위를 두리번거렸다.

그런데 그 순간, 시야에 검은 그림자가 잡혔다. 진사운은 급히 방에서 검을 들고 나왔다.

검은 그림자는 진사운에게 발각된 것을 눈치채지 못했는지 여전히 살금살금 걸어가고 있었다.

진사운이 씨익 웃으며 속으로 중얼거렸다.

'감히 대화산에 침입하는 간 큰 놈이 있을 줄이야. 잘 걸렸다.'

진사운이 검은 복면을 쓰고 있는 흑의사내의 지척까지 조용히 다가섰다.

그때, 흑의사내가 뒤를 돌아보고는 급히 신형을 날렸다.

팟!

그에 진사운이 놓칠세라 큰 소리를 내질렀다.

"침입자다!"

순간 전각에서 불이 켜지고, 사람들이 웅성거리며 뛰쳐나오기 시작했다.

다들 경황이 없었는지 하나같이 신발도 제대로 신지 못한 채 검만 들고 맨발로 튀어나왔다.

"어딥니까?"

"저기다!"

이내 사람들이 검을 뽑아 들고는 복면사내의 뒤를 쫓았다.

그러나 복면사내의 운신은 귀신처럼 빨라 그만 놓치고 말았다.

복면사내가 담을 훌쩍 넘어가 버리자 닭 쫓던 개 꼴이 되어 버린 화산 제자들이었다.

순간, 정신을 차린 진사운이 제자들에게 물었다.

"뭐 없어진 것이 있느냐?"

"없습니다."

"다행이구나."

제자들이 연신 웅성거리며 전각 내를 샅샅이 뒤졌다.

철컥.

진사운도 검을 검집에 집어넣고는 조용히 주위를 살폈다.

그러던 도중 진사운의 눈에 들어온 것이 있었다.

"이게 뭐지?"

진사운이 땅에서 서적을 하나 주워 들었다. 아마 도둑놈이 흘리고 간 것인 듯싶었다.

진사운의 미소가 짙어졌다.

"네 이놈, 이걸로 네 사문을 알아내서 죄를 물을 것이다."

복면사내의 정체를 알아낼 수 있을 것이라 기대하면서 진사운이 서적을 펼쳤다.

한데 서적을 훑어 내려가던 진사운의 눈동자가 경악으로 물들었다.

그 모습에 지나가던 제자가 의아한 듯 물었다.

"무슨 일 있으십니까?"

진사운은 급히 서적을 품안으로 갈무리하며 애써 담담한 표정을 짓더니 고개를 내저었다.

"아, 아무 일도 없네."

진사운이 마치 누군가에게 쫓기기라도 하듯 서둘러 방으로 들어섰다.

그리고 밖에 누가 없는지 슬쩍 확인하고는 의자에 앉았다.

그제야 진사운은 안심이 된 듯 조심스럽게 품속에서 서적을 꺼냈다.

서적을 읽어 내려갈수록 눈동자는 커져 갔고, 입술은 바싹바싹 말랐다.

마침내 서적을 덮은 진사운은 조심스레 품 안에 갈무리했다.

진사운이 저도 모르게 마른침을 삼켰다.

비급의 이름은 모르겠지만, 얼핏 훑어만 봐도 엄청난 경지의 검법인 것을 알 수 있었다.

심지어 화산이 자랑하는 매화검법(梅花劍法)보다 더욱 심오했다.

제대로 익히기만 한다면 매화검법 따위와는 차원이 다른 경지에 오를 수 있을 듯했다.

그 정도로 비급에 담긴 검법은 심오하고 현묘했했다.

진사운이 품 안에 숨긴 비급을 조심스럽게 만졌다.

'이것만 있으면⋯⋯.'

장문인이 될 수도 있으리라!

매화검수에게 밀리고, 다른 젊은 놈들에게 밀려서 이제껏 일대 제자의 위치에서 머물고 있지만, 이 검법을 익힌다면 단숨에 매화검수를 넘어설 수 있을 것이다.

자신보다 배분도 낮은 놈들이 씨익 웃으며 윗 단계로 올라서는 모습을 볼 때마다 배알이 뒤틀렸던 진사운이었다.

한데 드디어 자신도 절정의 벽을 뛰어넘을 수 있을 것 같았다.

또한 이번에 거두어들인 제자에게도 가르침을 전해 순식간에 절정의 벽을 뛰어넘게 만들 수도 있을 것 같았다.

진사운은 품속에서 비급을 꺼내 다시 한 번 읽기 시작했다.

진사운의 눈동자는 정열로 불타오르고 입가에는 작은 미소가 맺혀 있었다.

그렇게 여러 날이 흘러갔다.

                    *   *   *

진사운이 연신 땀을 흘리며 몸을 놀렸다. 하지만 그 와중에도 입가에서는 웃음이 떠나질 않았다.

진사운의 검은 표홀했고, 정심한 기운이 물씬 풍겨 나왔다.

순간, 진사운의 검이 허공을 꿰뚫으며 상대방의 검을 강하게 내려쳤다.

상대방이 힘없이 무너져 내렸다.

진사운이 검을 위로 치켜올리며 씨익 웃었다.

"진사운 승!"

진사운은 만족스런 미소를 지으며 연무장을 내려왔다.

장문인이나 장로들마저 기특한 표정으로 진사운을 쳐다보았다.

"뭐야, 언제 그렇게 강해진 거냐?"

배준노가 진사운의 옆구리를 찔러 왔다. 하지만 진사운은 그저 씨익 웃으며 검을 검집에 집어넣을 뿐이었다.

그때, 진사운의 옆으로 건장한 소년이 달려왔다.

"사부님, 고생하셨습니다."

소년의 얼굴은 앳되어 보였지만, 몸은 우락부락하여 건장한 사내와도 같았다.

"그래, 잘 보았느냐?"

"예, 사부님."

소년이 고개를 끄덕이며 진사운을 쳐다보았다. 그런 소년의 눈동자는 존경으로 가득 차 있었다.

진사운이 씨익 웃었다.

"배우고 싶으냐?"

"예!"

"좋다, 나만의 비법을 알려 주마."

진사운이 호탕한 웃음을 지으며 소년의 머리를 쓰다듬었다.

하루하루가 지날수록 진사운은 비급의 내용에 더더욱 빠져들었다.

알면 알수록 기묘했고, 익히면 익힐수록 새로운 면이 보였다.

심지어 현묘함마저 담고 있어서 화산의 검법과도 비슷했다.

장문인이나 장로들마저 새로운 검법의 길을 열었다며 진사운을 칭찬했다.

처음에는 의심쩍다는 생각이 없잖아 있었지만, 지금은 마음 푹 놓고 검법을 익히는 것에 열중하고 있었다.

진사운의 제자도 검법을 익히면서 엄청난 성취 속도를 보여 주고 있었다.

오늘도 진사운은 제자를 위해 땀을 한바가지 쏟고는 잠자리에 들었다.

*　　*　　*

진사운의 제자, 양기운은 평소보다 한 시진가량을 일찍 일어났다.

그리고 사부에게 배운 검법을 되새기며 운공에 빠져들었다.

그렇게 일각 정도가 흐르고 난 뒤, 양기운이 눈을 떴다.

뜨여진 두 눈에서는 정심한 기운이 물씬 풍기며 방 안을 가득 메웠다.

양기운이 만족하며 고개를 끄덕였다.

사부가 가르쳐 준 검법에는 심법에 가까운 구결도 있었는데, 그 구결을 읊을 때마다 평상시와는 차원이 다른 운공 속도를 보여 주었다.

마치 말로만 듣던 마공의 연성 속도와도 맞먹을 정도였다.

계속 이런 식으로 가다 보면, 일 년 이내에 본 파에서 인정받는 절정고수가 되는 것도 꿈이 아닐 것 같았다.

운공을 끝마친 양기운이 흡족한 미소를 머금고는 전각을 가로질렀다.

"사부님, 기침하실 시간입니다."

묵묵부답이었다.

평상시라면 누구보다도 미리 일어나서 검을 휘두르고 있어야 할 분이 아직도 자고 있다는 것은 어불성설이었다.

문득 등 뒤로 서늘한 기운이 스쳐 갔다.

불길한 마음에 조심히 문을 두들겼다.

똑똑.

정적이 감돌았다.

양기운이 조심스럽게 방문을 열었다.

다행히도 아직 진사운은 이불을 덮은 채 침대에서 자고 있는 듯 보였다.

양기운이 씨익 웃었다.

'어제 비무로 많이 피곤하셨나 보군.'

미소를 머금은 양기운이 살금살금 진사운에게 다가갔다.

물론 진사운이 양기운의 기운을 곧바로 알아차리고는 꿀밤을 한 대 먹일 것이 분명했다.

살금살금.

그러나 지척에 다다를 때까지도 진사운은 세상모른 채 잠만 자고 있었다.

양기운이 진사운의 얼굴을 내려다보았다.

괴이할 정도로 창백했다.

양기운이 검지를 진사운의 코 위에 올려놓았다.

당연히 느껴져야 할 따스한 콧바람이 나오질 않았다.

불길한 생각에 진사운의 입 위로 검지를 가져다 댔다.

숨을 쉬지 않았다.

양기운이 급히 진사운의 혈맥을 잡았다.

조용했다. 장강의 강물처럼 고요했다.

순간, 진사운의 팔이 힘없이 침대 아래로 툭, 떨어졌다.

청천벽력과도 같은 변괴에 양기운이 뒷걸음질치며 소리를
질렀다.

"으아악!"

진사운이 하룻밤 만에 시신으로 발견되었다는 소문에 모
두들 경악했다.

거기에 다음날 양기운마저 죽은 채로 발견되자 화산의 수
뇌부들은 보통 사건이 아님을 직감했다.

화산의 수뇌부가 모여서 진사운과 양기운의 몸을 조사했
지만, 특별한 이상이 발견되지는 않았다.

두 사람의 공통점이라고는 혈도가 터져서 즉사했다는 것
뿐이었다.

암습이나 독살의 흔적은 일절 없었다.

그렇게 진사운과 양기운의 죽음은 미궁 속으로 빠져드는

듯했다.

하지만 칠 주야가 지나자 화산의 수뇌부는 신음을 내뱉을 수밖에 없었다.

동시에 일대제자 세 명이 사망한 것이었다.

증상은 똑같았다.

혈도 파열로 인한 즉사.

화산의 수뇌부는 즉각 조사단을 만들어 원인 파악에 착수했다.

전염병일 수도 있었기에 대부분의 제자들은 다른 분타로 옮겨 갔다.

화산파 경내에는 장문인을 비롯해 오십 명도 채 안 되는 제자들만이 남아서 계속 조사를 이어 나갔다.

그러던 중, 무언가 의심되는 것 하나를 발견하였다.

죽은 이들의 방을 뒤져 보자 똑같은 내용의 서적이 발견된 것이다.

그리고 화산의 장문인이 직접 그 비급을 확인한 결과, 마공임이 밝혀졌다.

비급 전체를 정공처럼 교묘히 바꾸어 놓았지만, 결국 시간이 흐르면 죽음에 이르는 희대의 마공이었던 것이다.

화산의 장문인은 제자들을 연무장으로 모았다.

"요즘 화산에 흉흉한 사건이 생겼다는 것을 알 것일세."

제자들이 고개를 주억거렸다.

화산의 장문인, 화산신검(華山神劍) 태자영이 그런 제자들을 하나하나 훑어보았다.

하나같이 뛰어난데다 앞으로 화산을 이끌어 나갈 인재들이었다.

그중에서도 진사운과 양기운은 장차 화산의 수뇌가 될 제자들이었는데, 헛되이 목숨을 잃은 것이었다.

두 사람을 떠올리자 태자영의 표정이 눈에 띄게 어두워졌다.

"그리고 그 흉수가 발견되었네."

태자영이 침음을 삼키며 말하자 제자들의 눈이 동그랗게 떠졌다.

전염병이니 뭐니 하는 소문에 하루하루 잠까지 설칠 정도였다.

한데 드디어 그 흉수가 밝혀진 것이다.

"죽은 제자들의 방에서 모두 같은 비급이 나왔네. 한데 그 비급은 정공인 것처럼 꾸민 마공이라네."

순간, 몇몇 제자들의 눈동자가 흔들렸다.

태자영은 그 모습을 놓치지 않았다.

"그리고 그 마공은 빠른 연성 속도와 정공과도 같은 표홀함과 정심함을 보여 주지. 하지만 결국에는 혈맥이 터져서 죽고 만다네."

태자영의 설명에 몇몇 제자들의 안색이 눈에 띄게 창백해지기 시작했다.

주위를 훑어보던 태자영이 말을 이었다.

"요 근래 어떤 비급을 손에 얻어서 급격한 성취를 이룬 제자들이 있나?"

잠잠했다.

서로들 눈치만 살피며 조용히 웅성거릴 뿐, 직접 나서는 이가 없었다.

그러자 태자영이 울컥하며 외쳤다.

"자네들은 장차 화산의 기둥이 될 사람들이네. 그런데 이렇게 거짓만을 앞에 내세울 셈인가! 당장 손을 들지 못할까!"

태자영의 일갈에 움찔거린 제자 중 몇몇이 손을 들어 올렸다.

하나둘 손을 드는 제자들이 늘어나더니, 어느새 그 수가 삼십여 명이 넘어섰다.

그들은 모두 일대제자들이었다.

태자영은 침음을 삼키며 조용히 눈을 감을 수밖에 없었다.

'이를 어찌할꼬.'

화산의 수뇌부는 별의별 방법을 동원하여 치료 방법을 찾았다.

그러나 제자들이 스스로 혈맥에 유통시켰기에 따로 해결 방법이 있어 보이진 않았다.

억지로 들어간 것이라면 그 내력을 소멸시키면 끝날 일이겠지만, 잔인하게도 이 마공은 시전자의 내력을 유도하고 있었다.

결국 시간이 흐를수록 사망자는 늘어갔다.

그리고 팔 주야가 흐르자 화산의 일대제자 중 절반이 사망하는 지경에 이르렀다.

그러던 어느 날, 화산에 방문객이 찾아왔다.

그들은 다름 아닌, 흑의를 차려입은 독고천과 그와 상반되게 백의를 걸친 우진후였다.

"장문인을 불러라."

건방진 방문객의 말투에 울컥한 문지기가 인상을 찌푸렸다.

"이곳은 대화산이다. 꺼져라."

순간, 우진후의 검이 목에 닿자 문지기는 식은땀을 흘렸다.

우진후가 씨익 웃었다.

"장문인을 부르라 했으면 불러야지, 지금 뭐 하나."

말과 함께 우진후가 손을 휘두르자 문지기들이 한쪽으로 힘없이 널브러졌다.

콰당.

그러고는 우진후가 거칠게 대문을 걷어찼다.

쾅!

"가시죠."

활짝 열린 대문 사이로 거칠 것이 없다는 듯 독고천을 안내하는 우진후였다.

한편, 갑작스런 소란에 화산의 제자들이 병장기를 뽑아 들고 대문 앞으로 모여들었다.

"누구냐!"

"정체를 밝혀라!"

화산의 제자들의 질문 공세에 우진후가 손사래를 쳤다.

"너희 따위에게 할 말은 없다. 장문인을 불러와."

우진후의 건방진 말에 화산의 제자들이 울컥하며 덤벼들 려 했다.

그 순간, 우진후가 절묘하게 말을 내뱉었다.

"요즘 많이들 죽어 나간다지?"

찰나, 화산 제자들이 움찔거렸다.

그토록 숨기려 노력했거늘, 본 파의 치부를 아는 자가 눈 앞에 나타난 것이었다.

침입자의 정체가 심상치 않음을 파악한 제자 하나가 급히 전각으로 달려갔다.

그리고 얼마 지나지 않아 전각에서 중년인이 급히 걸어 나왔다.

"본파에서 일어난 사건을 어떻게 아는 것이냐?"

다짜고짜 물어 오는 중년인의 말에 우진후가 씨익 웃었 다.

"됐고. 장문인이나 불러오라고."

안하무인한 우진후의 태도에 중년인이 이를 갈며 외쳤다.

"저놈을 잡아라!"

화산의 제자들이 동시에 신형을 날렸다.

그 순간, 우진후의 검에서 흡사 불꽃인 양 붉은 기운이 솟아올랐다.

그리고 검이 허공을 가르자 달려오던 화산의 삼대제자들이 피를 토하며 바닥에 널브러졌다.

동시에 옆에 조용히 서 있던 독고천의 몸에서 지독한 살기가 흘러나왔다.

경악할 정도로 강력한 기세에 눌린 화산의 제자들이 주춤거렸다.

도저히 달려들 엄두가 나지 않았다.

중년인 역시 찌릿찌릿하게 몸을 찔러 오는 살기에 침음을 삼켰다.

'고수로구나.'

하지만 이대로 숙이고 들어갈 수만도 없는 노릇이었다.

중년인은 이를 악물고 기세를 끌어모아 외쳤다.

"네놈들의 정체가 무엇이냐! 너희가 바로 이 사건의 흉수로구나!"

중년인이 확신하듯 외치자 우진후가 흥미 없다는 표정으로 귓구멍을 후볐다.

"빨리 장문인이나 데려오라니까. 말해 준다니까."

우진후의 말에 중년인의 눈동자가 흔들렸다.

순간, 중년인의 뒤에서 청의를 차려입은 태자영이 걸어

나왔다.

걸음마다 기품이 흘러넘치고, 청의에는 매화 문양이 새겨져 있었다.

"자네들은 누구인가?"

태자영의 등장에 제자들이 호위하듯 그 앞을 둘러쌌다.

태자영이 눈을 빛내며 묻자 우진후가 피를 토했다.

그러자 옆에 있던 독고천이 나서며 우진후를 뒤로 물러서게 했다.

"태전운을 아나?"

독고천의 나직한 물음에 태자영의 눈동자가 흔들렸다.

그러자 독고천이 씨익 웃었다.

"매화검수였지 아마?"

어느새 태자영의 눈에서는 은은한 노기가 흘러나오고 있었다.

하지만 독고천은 그에 아랑곳없이 말을 이어 나갔다.

"본 교의 교주님이 직접 처리하셨다고 들었는데, 수급은 잘 가지고 있나?"

마음을 다스리려는 듯 태자영이 조용히 숨을 내쉬었다.

그러나 몸에서는 엄청난 위압감이 흘러나왔다. 앞에 서 있던 화산의 제자들의 피부가 찌릿찌릿할 정도였다.

태자영이 천천히 입을 열었다.

"전운이는 나의 제자였다."

"오, 그렇구먼. 그나저나 요즘 귀 파에서 사람들이 죽어

나가고 있다면서?"

독고천이 이죽거리자 태자영의 눈이 심하게 흔들렸다.

태자영이 이를 악물며 한 자, 한 자 내뱉었다.

"네놈 짓이로구나."

"하여튼 봉문을 하는 게 어때?"

독고천이 인심 쓰는 듯 권유하자 더는 참지 못한 태자영
이 검을 뽑아 들었다.

챙!

서늘한 검날이 주인의 심정을 대변하듯 연신 싸늘한 빛을
번뜩였다.

"문답무용(問答無用)이네!"

말과 함께 태자영의 신형이 독고천을 향해 쏘아져 나갔
다.

파앗!

그러자 독고천이 기다렸다는 듯 검을 마주했다.

까앙!

거친 쇳소리와 함께 먼지가 자욱이 일어났다.

사나운 기세에 화산의 제자들이 급히 양옆으로 피했다.

독고천과 태자영의 검은 무서울 정도로 빨랐고, 부딪칠
때마다 굉음이 울려 퍼졌다.

쿠콰쾅!

태자영의 검에서는 화산의 절정검술이 연신 쏟아져 나왔
고, 심지어 매화향마저 풍기는 듯한 착각마저 들 정도였다.

태자영의 검은 말 그대로 화산, 그 자체였다.

그러나 시간이 흐를수록 태자영의 등짝은 땀으로 흠뻑 젖어 들어가고 있었다.

이마에서도 식은땀이 흐르고 입술은 말라만 갔다.

순간, 태자영의 검이 허공으로 치솟았다.

휘리릭.

그러더니 이내 반으로 잘라진 검 파편이 땅에 꽂혔다.

믿을 수 없는 광경에 제자들이 신음을 흘렸다.

태자영이 망연자실한 표정으로 무릎을 꿇고 있었다.

독고천이 걸음을 옮겨 태자영에게 다가갔다.

심각한 내상을 입은 듯 태자영의 손은 연신 부들부들 떨렸고, 입에서는 붉은 피가 흘러나오고 있었다.

꿀럭꿀럭.

독고천이 무심히 말했다.

"그놈하고 판박이군."

흑의사내의 말에 태자영의 눈동자가 커졌다.

"설, 설마 마교 교……."

순간, 독고천의 검이 허공을 갈랐다.

채 말이 끝나기도 전에 태자영의 머리가 땅에 떨어졌다.

머리를 잃은 태자영의 몸이 서서히 뒤로 쓰러졌다.

그 모습에 제자들이 괴성을 내지르며 독고천과 우진후에게 달려들었다.

"으아아!"

"죽어라, 장문인의 원수!"

독고천과 우진후가 검을 휘두를 때마다 제자들은 한 명씩 쓰러져 갔다.

피가 흐르고, 비명이 터져 나왔으며, 시체가 쌓여 갔다.

말 그대로 시산혈해였다.

우진후의 새하얀 옷은 어느새 피로 물들어 적의가 되어 있었고, 독고천의 얼굴도 피로 흠뻑 젖어 야수를 연상케 했다.

그 모습이 영락없는 악귀였다.

화산의 장로, 주동윤이 허망한 듯 무릎을 꿇었다. 몇 백 년간 쌓아 왔던 화산의 기둥들이 무너지고 있었다.

주동윤은 멍하니 독고천을 올려다보았다.

독고천이 서신을 한 장 품속에서 꺼내서 보여 주었다.

그러자 주동윤의 눈동자가 흔들렸다.

"……네가 흑검제로구나. 아니, 네놈은 검귀다. 악마, 그 자체다!"

"봉문을 하겠나, 아니면……."

독고천이 쓰윽 주위를 둘러보고는 주동윤을 바라보며 말을 이었다.

"……멸문하겠나."

멸문은 말도 안 되는 소리였다.

화산파의 거의 모든 제자들이 호북 분타에서 대기하고 있는 중이었다.

거기다 전염병이 아니라는 사실을 알아내자마자 바로 서신을 날렸으니, 지금쯤이면 돌아오고 있는 중일 것이었다.

하지만 제자들이 도착했을 때는 이미 늦다. 이놈들이 전각을 모조리 불태울 수도 있었다.

그럼 몇 백 년 전통을 자랑하는 화산의 명맥이 끊길 수도 있었다.

장문인조차 목이 떨어졌으니, 지금은 훗날을 도모해야 할 때였다.

마침내 주동윤이 떨리는 목소리로 말했다.

"……봉문을 하겠다."

주동윤이 검지를 깨물어 흐르는 피로 글을 적어 넣었다.

화산(華山) 주동윤.

슬쩍 서신을 내려다본 독고천이 고개를 갸웃거렸다.

"장문인에게 받아낼 걸 그랬나."

순간, 주동윤이 울컥하며 독고천을 노려보자 상관없다는 듯 어깨를 들썩였다.

"뭐, 장로 급이어도 상관없겠지. 수고하게나."

그 말을 끝으로 독고천과 우진후는 뒤돌아서며 걸음을 뗐다.

홀로 남겨진 주동윤의 눈에서는 피눈물이 흘러내리고 있었다.

　　　　　*　　　*　　　*

　"하남으로 갈까, 하북으로 갈까?"

　독고천이 소채를 씹으며 묻자 맞은편에서 만두를 우물거리던 우진후가 입을 열었다.

　"하북으로 가는 게 더 빠릅니다."

　"그래? 그럼 하북으로 가지."

　독고천이 고개를 주억거리며 소면의 국물을 후르륵 마시자 우진후가 고개를 주억거렸다.

　"개방(丐幇)이죠?"

　독고천이 음식물을 삼키더니 고개를 끄덕였다.

　그러자 우진후가 새삼 진저리를 쳤다.

　"엄청 무섭더군요."

　"뭐가 말이냐?"

　독고천이 고개를 갸웃거리자 우진후가 피식 웃으며 고개를 흔들었다.

　"교주님이 화나시니까 무섭더라고요."

　그러자 독고천이 씨익 웃었다.

　"그게 마도인이다."

　마도인이라는 말에 우진후가 만족한 듯 고개를 주억거렸다.

　그랬다.

화산에서 보여 주었던 것이 바로 마도인의 자세였다.

은원에 대해 철저히 갚아 나가는 것.

그 누구도 무시하지 못하는 마도인의 길이란 바로 그런 것이었다.

젓가락을 내려놓은 독고천이 동전 몇 개를 탁자 위에 올려놓고 몸을 일으켰다.

그에 우진후도 만두 하나를 급히 입에 집어넣으며 자리에서 일어섰다.

객잔을 나선 독고천이 향한 곳은 전장이었다.

금표전장이라는, 거대하고도 화려한 간판이 달려 있는 곳.

독고천과 우진후가 안으로 들어서자 인상 좋은 후덕한 중년인이 반갑게 맞아 주었다.

"어떻게 오셨습니까?"

독고천이 품속에서 서신 한 장을 꺼내더니 내밀었다.

중년인은 서신을 받아 슬쩍 훑어보았다.

그리고 이내 중년인의 눈동자가 경악으로 물들었다.

"저, 저, 이걸 어떻게 하시려고……?"

"금자로 이백 냥만 바꾸어 주게."

나직한 독고천의 말에 중년인이 몸을 부들부들 떨었다.

은자 한 냥이면 일반적으로 네 명 가족의 일 년 생활비다. 그리고 그 은자가 열 냥이 모여야 금자 한 냥이 된다.

그런데 대뜸 금자 이백 냥을 요구하니, 중년인으로서는 충분히 경악할 만했다.

중년인이 떨리는 목소리로 말했다.

"자, 잠시만 기다려 주십시오."

중년인이 급히 전각 안으로 들어가더니, 여러 사람들과 대화를 했다.

무언가 심상치 않은 분위기인지 전각 안에서는 연신 고성이 오갔다.

이윽고 한참이 지나고 나서야 돌아온 중년인은 이마에서 흐르는 땀을 닦으며 안타까운 표정을 지어 보였다.

"손님, 죄송하지만 백 냥까지밖에는 안 된다고 합니다. 백 냥도 주위에 있는 전장을 탈탈 털어야 하기 때문에……."

"그럼 그렇게 주게."

독고천이 순순히 고개를 끄덕이자 중년인이 다시금 부리나케 전각 안으로 들어갔다.

한 시진 정도 흘렀을까.

중년인이 낑낑거리며 궤짝 한 개를 가져왔다.

쿠웅!

"금자 백 냥입니다, 손님."

옆에 있던 우진후가 가볍게 궤짝을 어깨 위에 짊어졌다.

그러자 중년인이 놀란 눈빛으로 쳐다보았다.

그러거나 말거나 독고천과 우진후는 대수롭지 않다는 듯 발걸음을 옮기기 시작했다.

점점 멀어지는 그들의 뒷모습을 보던 중년인의 얼굴에 비열한 미소가 걸렸다.

'흐흐, 금자 반 냥은 내가 슬쩍했지.'

음흉한 중년인의 발걸음은 가볍게 기루로 향했다.

'향화야, 기다려라! 내가 간다!'

*　　*　　*

개방 총타에서는 연신 탈방(脫幇) 소식이 들려오고 있었다.

"이게 도대체 무슨 일인가?"

개방 장로 용걸개가 한숨을 내쉬며 묻자 주위에 앉아 있던 거지들이 고개를 내저었다.

"중원 곳곳에서 탈방을 하겠다며 직접 찾아오는 거지들이 셀 수도 없을 정도요."

개방은 거지들의 무리였다.

그렇기에 아무래도 무공조차 모르는 제자들이 많았다.

또한 자유로움을 추구했기 때문에 개방에 몸을 담기를 원한다거나 나가고 싶어 할 때, 다른 문파들에 비해서 대부분 조용히 묵인하고 그냥 보내 주기도 했다.

하지만 이건 아니었다.

갑자기 엄청난 수의 거지들이 연신 개방에서 탈방을 하겠다며 총타로 찾아오는 것이었다.

특히 하북에는 총타가 있는 탓에 중요 직책을 지닌 개방의 제자들이 많았다.

그런데 심지어 분타주의 직위를 가진 거지조차 탈방을 하겠다며 찾아오는 형국이었다.

"벌써 그 수가 이백여 명에 이르고 있네."

용걸개의 말에 둘러앉은 거지들이 경악했다.

제자 수가 가장 많은 것이 개방의 장점이긴 하지만, 이백 명이란 수는 결코 적지 않았다.

더욱 큰 문제는 그게 끝이 아니라는 점이었다.

시간이 지날수록 탈방을 원하는 이들이 점점 늘어나고 있다 하니, 조만간 천 명 정도는 우습게 넘어 버릴 수도 있었다.

"대책이 시급하네."

"아니, 도대체 왜 탈방을 하겠다는 거요?"

거지들이 연신 고개를 끄덕이며 묻자 용걸개가 한숨을 내쉬었다.

"조사해 본 결과, 어떤 자가 거지들에게 은자 두세 냥씩을 주면서 탈방을 시키고 있다고 하네. 말이 은자 두세 냥이지, 정작 제자들에게는 평생이 가도 못 만져 볼 돈이 아닌가. 사정이 그렇다 보니 무결제자나 일결제자들의 탈방이 연신 이어지고 있다고 하네."

개방은 허리춤에 매는 매듭의 숫자로 무위나 직위를 판단했다.

그랬기에 매듭이 많아질수록 고수라 여겨졌고, 무결제자들은 무공조차 모르는 제자들이 많았다.

하지만 개방의 진정한 힘은 무력에 있지 않았다. 수많은 제자들을 통해 얻게 되는 방대한 정보력이 개방이 가진 위용의 근간이었다.

그렇기에 무결제자와 일결제자들의 탈방은 개방에게 심각한 타격을 주고 있었다.

원래 등잔 밑이 어둡다고 하지 않던가.

"심지어 분타주 급에게는 금자를 준다는 소문도 있네. 산동 분타주도 탈방을 신청했다네."

순간, 거지들이 침음을 흘렸다.

자유로움을 추구하기 위해 만들었던 탈방이라는 제도가 오히려 개방의 목을 죄어 오고 있는 것이었다.

"더 이상 이대로 지켜볼 수만은 없네. 총타의 모든 거지들을 파견하여 탈방하는 제자들을 말리고, 돈을 준다는 놈의 정체를 파악하게!"

용걸개가 외치자 거지들이 고개를 끄덕이고는 하나둘씩 자리를 떠났다.

홀로 남은 용걸개가 인상을 찌푸리며 탁자에 얼굴을 들이박았다.

입에서 나오는 것이라고는 한숨뿐이었다.

*   *   *

항상 북적이던 개방의 총타가 모처럼 한적해졌다.

모두들 탈방하는 무결제자들을 잡으러 중원 전역에서 땀 좀 빼고 있을 터였다.

조용해진 개방 총타에 방문객이 찾아왔다.

입구를 지키고 있던 거지가 이를 쑤시다 손을 내밀었다.

"정지하쇼."

거지가 입을 쩝쩝거리며 방문객들을 위아래로 훑어보았다.

겉으로 보기에는 별반 특징이 없어 보이는 흑의사내와 백의사내였다.

"무슨 일로 오셨소?"

거지가 머리를 긁적이며 묻자 백의를 입은 우진후가 입을 열었다.

화산에서 피를 흠뻑 뒤집어쓴 옷을 어느새 갈아입었는지, 그는 다시 새하얀 백의를 걸치고 있었다.

"방주를 불러라."

방주라는 말에 거지가 킬킬거렸다.

"뭐, 시답잖은 허접한 놈이 방주님을……."

그 순간 우진후의 검이 거지의 목에 닿아 있었다. 거지는 급히 입을 다물며 식은땀을 흘렸다.

꿀꺽.

이어 우진후가 혈도를 점하자 거지는 썩은 고목마냥 힘없이 쓰러졌다.

철푸덕.

독고천과 우진후가 손쉽게 낡아빠진 대문을 열고 들어섰다.

당장에라도 떨어질 것 같은 대문이 열리자, 각자 바닥에 앉아서 머리를 긁적이던 거지들이 시선이 두 사람에게 몰렸다.

"방주는 어디 있나?"

우진후의 말에 거지들이 몸을 튕기듯 벌떡 일어서며 경계를 했다.

"왠 놈이냐!"

적팔개가 날카롭게 묻자 몇몇의 거지가 어딘가로 급히 몸을 날렸다.

우진후는 뛰어가는 거지들을 보더니, 슬쩍 손을 휘둘렀다.

순간, 소매에서 무언가가 쏘아져 나가더니, 달려가던 거지들의 뒷목에 꽂혔다.

타탓.

한순간, 달려가던 거지들이 모두 앞으로 고꾸라졌다.

그 모습에 남아 있던 거지들이 침을 삼켰다.

"방주 불러라."

우진후가 인상을 찌푸리며 재차 말하자 거지들이 동요했다.

"서, 설마 흑검제?"

거지 중 한 명이 중얼거리듯 말하자 거지들의 동요가 더욱 커졌다.

비무행을 무적으로 마친 흑검제라는 말에 거지들의 눈동자가 흔들렸다.

총타를 지키는 몇몇 거지들을 제외하고는 모두 중원 전역에 퍼져 있는 상황.

때문에 지금 총타에는 방주와 장로들 외에는 뛰어난 고수들이 없었다.

만약 눈앞에 있는 사내가 정말 흑검제라면 방주 외에는 당해 낼 자가 없을 것이었다.

적팔개는 당황하여 급히 손을 들어 올렸다.

"자, 잠깐만 기다려라."

적팔개가 옆에 있던 거지에게 속닥거리자, 거지가 이내 고개를 끄덕이고는 어딘가로 부리나케 달려갔다.

얼마 지나지 않아 중후한 인상의 거지가 느긋하게 걸어왔다.

"용걸개네."

중년 거지가 고개를 까닥였다.

그러자 독고천이 입을 열었다.

"방주 부르라고 했다."

독고천의 말에 용걸개의 미간이 찌푸려졌다.

"이놈, 방자하구나. 네놈이 흑검제냐?"

하지만 독고천은 여전히 묵묵부답이었다.

그러자 용걸개가 이죽거리며 고개를 주억거렸다.

"네놈이 그 흑검제란 놈이 맞구나. 한 번 네놈 솜씨나 보자!"

순간, 용걸개의 육중한 신형이 튕겨졌다.

푸른빛이 줄기줄기 흘러나오는 주먹은 당장에라도 독고천의 머리통을 박살 낼 것만 같았다.

그 순간, 독고천이 삐져나온 검을 검집에 집어넣었다.

거지들이 의아해하며 용걸개를 쳐다보았다.

신형을 날리던 용걸개가 제자리에 멈춰 선 채로 가만히

있던 탓이다.

"장로님?"

옆에 있던 거지가 걱정스런 표정으로 툭__ 건드리자 용걸개의 목에서 머리가 떨어졌다.

푸아악.

동시에 목에서 피분수가 뿜어지자 주위의 거지들이 경악했다.

용걸개의 몸은 이내 뒤로 널브러졌다.

바닥에 떨어진 용걸개의 표정은 신형을 날릴 때와 똑같았다.

아마 자신이 어떻게 죽었는지도 모른 채로 목이 잘린 것 같았다.

거지들은 독고천에게서 떨어지려 연신 뒷걸음질을 쳤다.

이결제자인 그들은 보통 총타를 정리하거나 시중을 담당했다.

그러니 감히 독고천에게 덤벼들 생각도 못하고, 그저 물러나기에 급급한 것이었다.

그러던 차에 갑자기 거지들의 표정이 밝아졌다. 저 멀리서 날렵한 몸매의 거지가 빠른 속도로 다가오는 게 보였기 때문이다.

순식간에 그들이 있는 곳으로 다다른 그는 주위를 한 번 훑어보고는 눈빛이 차갑게 가라앉기 시작했다.

이윽고 용걸개의 시신에 이르자 거지가 한숨을 내쉬었다.

"⋯⋯늦었구나."

한숨을 내쉬던 거지가 독고천을 노려보았다. 그러자 웅후한 내력이 뿜어져 나와 거지의 주위를 휘감았다.

웅웅.

"흑검제란 놈이구나."

"방주냐?"

독고천이 묻자 거지가 고개를 끄덕였다.

"무봉개다."

말과 함께 무봉개가 품속에서 뭉툭한 방망이를 꺼내 들었다. 개방의 신물인 타구봉(打狗棒)이었다.

검은 빛깔이 연신 흐르는 것으로 보아 결코 평범한 것이 아닌 듯했다.

개방은 타구봉법으로 유명했는데, 한마디로 개를 때려잡는다는 몽둥이라는 뜻이었다.

아무래도 주인에게 버려진 개나 들개들은 거지들의 먹잇감이 되기 십상이었다.

그렇다 보니 개를 때려잡는 봉법이 발달하게 되었는데, 그것이 타구봉법의 시초가 되었다.

무봉개의 타구봉이 허공을 갈랐다.

그와 동시에 어느새 검집에서 뽑혀 나온 독고천의 검이 맞부딪쳤다.

콰앙!

굉음과 함께 불꽃이 튕기며 무봉개가 뒤로 물러섰다.

무봉개는 무공보다는 지략으로 방주로 올라선 고수였다.

그렇기에 무위에 있어서는 용결개보다 한 수 아래로 평가 받았다.

하물며 용결개가 손도 쓰지 못하고 쓰러졌음에야 그가 할 수 있는 것은 없었다.

심각한 내상을 입은 듯 무봉개의 입에서는 연신 피가 흘러내렸다.

그 모습에 거지들이 참담한 표정을 지었다.

단 일검에 자신들의 방주가 피를 흘리며 비틀거리니 새삼 개방의 처지에 회의를 느낀 것이다.

흑의사내가 검을 거두었다.

그 모습에 무봉개가 울컥했지만, 움직일 여력은 더 이상 남아 있지 않았다.

단 한 번의 충돌에 모든 혈맥이 엉망지창으로 꼬여 버린 것이었다.

무봉개가 참담한 표정으로 노려보자 독고천이 품속에서 서신을 꺼내 들었다.

그것을 본 무봉개의 눈동자가 흔들렸다.

"써라."

독고천의 무심한 말에 무봉개가 이를 악물었다.

"봉문 선언서인가?"

독고천이 고개를 끄덕이자 무봉개가 날카로운 시선으로 물었다.

"만약 쓰지 않는다면 어쩔 것이냐?"

"마침 고수들도 없겠다, 개방 총타는 다른 곳으로 옮기게 되겠지."

독고천의 말에 무봉개가 침음을 삼켰다.

역시였다. 바로 눈앞의 사내가 무결제자들을 혼란시키며 탈방으로 이끈 주범이었다.

눈앞의 사내가 비무행을 하고 있다지만, 마음만 먹으면 주변의 제자들로 사내를 덮치게 할 수도 있었다.

이기면 다행이지만, 질 경우가 문제였다.

몇몇 문파들도 한꺼번에 덤벼든 적이 있었지만, 눈앞의 사내의 검에 모두 고혼이 되었다고 하지 않던가.

특히 주요 고수들이 총타에 없는 지금, 개방의 처지는 말이 아니었다.

딱 한 시진만 있으면 고수들이 돌아올 것인데, 그 한 시진이 너무나도 길었다.

무봉개가 떨리는 손을 들었다.

"붓을 가져오거라."

한 제자가 급히 붓을 가져오자 무봉개가 서신 위에 휘갈기듯 글을 써 나갔다.

개방(丐幫) 무봉개.

독고천은 품속에 서신을 갈무리하고는 우진후와 함께 총타를 벗어났다.

두 사람이 사라지자 무봉개가 무릎을 꿇고는 타구봉으로 연신 바닥을 내리찍었다.

쾅쾅!

바닥이 깊게 파이며 돌이 튀었다.

그럼에도 분이 가라앉지 않는 듯 입술을 깨무는 무봉개.

이내 한 줄기 선혈이 입에서 주르륵 흘러나왔다.

으득.

강하지 못하여 봉문을 한다는 것이 얼마나 참담한 일인지 무봉개는 가슴 절절히 느끼고 있었다.

그리고 힘이 전부인 강호라는 세상에서 살아간다는 의미를 새삼 느끼고 있었다.

쓸쓸하고 외로웠다.

무봉개는 맑은 하늘을 멍하니 올려다보았다.

마교 교주에게 목숨을 잃은 사부, 취봉선이 코가 빨개진 채 손을 흔들어오는 환상마저 보였다.

무봉개가 나직이 속으로 중얼거렸다.

'……사부님.'

第五章

태상교주(太上敎主)

소림에는 독특한 전통이 있다.

무승으로서 일 년이 보낸 후, 낙양에 있는 낙양사에서 시주를 받아 오는 것이 바로 그것이었다.

낙양사는 작은 절이지만 소림과의 관계로 인해 많은 방문객들이 찾는 사찰이었다.

보통 스무 명 정도가 한 조를 이루어서 매년 같은 달에 낙양사로 시주를 받으러 가는데, 중간에 낙양 시내에 들러 구경하는 것도 어느샌가 전통이 되어 가고 있었다.

왁자지껄.

"오 사형, 이곳이 낙양이라는 곳입니까?"

각천이 묻자 오낙이 고개를 끄덕였다.

"그래, 신기하지 않느냐?"

"예. 정말 신기하고 이렇게 사람이 많은 것은 생전 처음 봅니다."

각천을 비롯한 많은 무승들이 연신 주위를 두리번거리며 눈을 휘둥그레 떴다.

그 모습에 오낙이 빙긋 웃었다.

자신도 십 년 전에 똑같은 일을 행한지라 괜스레 과거가 떠올랐다.

"자자, 낙양에 왔으니 유명한 낙양객잔에 들렀다 가자꾸나."

낙양객잔이라는 말에 무승들이 환호성을 질렀다.

낙양에서 가장 맛있기로 소문난 객잔이 바로 낙양객잔이었다.

둘이 먹다 하나가 죽어도 모른다는 음식을 자랑하는 곳이 바로 그곳이었다.

오낙이 앞서며 낙양객잔을 찾았다.

그런데 낙양객잔은 문을 닫고, 그 앞에는 어디어디로 오라는 지도가 대문에 붙어 있었다.

사정상 오늘은 휴업을 합니다.

이 지도에 나와 있는 객잔으로 찾아와 주시면 낙양객잔의 숙수가 직접 요리한 음식이 나옵니다.

낙양객잔 주인.

오낙이 지도를 훑어보더니 고개를 끄덕였다.

"오늘은 사정상 다른 곳에서 장사를 한다는구나. 그곳으로 가 보자."

무승들이 희희낙락하며 오낙의 뒤를 쫓았다.

그런데 지도가 알려 준 곳으로 향할수록 점점 시내와 멀어지고 있었다.

점점 인적이 드물어지자 오낙이 잠시 고개를 갸웃거렸다.

그때, 무승 중 한 명이 손가락으로 앞을 가리키며 외쳤다.

"찾았습니다!"

그러자 오낙의 표정이 밝아졌다.

"오, 그래. 신선한 소채 만두를 먹을 수 있겠구나! 따스한 소면도 먹어 보자."

오낙의 말에 무승들이 연신 배를 쓰다듬으며 입맛을 다셨다.

끼이익.

객잔은 약간 허름했지만 안은 의외로 깔끔했고, 점소이의 옷차림새도 깨끗했다.

"어서 옵쇼. 몇 명이십니까?"

"스물한 명이네."

오낙의 말에 점소이가 자리를 안내했다.

객잔 내에는 몇몇 사람들이 자리한 채 조용히 음식만을 먹고 있었다.

오낙이 잠시 고개를 갸우뚱거렸다.

'이상하군. 낙양객잔이 문을 닫은 것도 이상하고, 낙양객
잔에서 이곳으로 안내받은 자들이 이렇게 적을 리가 없는데
말이지.'

"손님."

순간, 점소이가 부르자 상념에서 깨어난 오낙이 입을 열
었다.

"아, 소면하고 소채만두를 각각 사람 수만큼 가져다주게
나."

"예. 조금만 기다리십쇼."

점소이가 부리나케 주방으로 뛰어 들어갔다.

오낙을 비롯한 무승들이 연신 젓가락을 만지작거리며 음
식을 기다리고 있었다.

얼마 지나지 않아 음식이 나왔고, 오낙을 비롯한 무승들
이 기다렸다는 듯 허겁지겁 먹기 시작했다.

승려답지 않은 모습이었지만, 활발하고도 힘찬 모습이었
기에 나름 봐줄 만했다.

한데 그 모습을 쳐다보는 점소이의 입가에 작은 미소가
맺혀 있었다.

순간, 정신없이 소면을 먹던 무승들이 젓가락을 떨어뜨렸
다.

딸그락.

"이, 이게 뭐야?"

무승 중 한 명이 입속에 있던 음식물을 그릇에 뱉었다.

짓이겨져 있었지만, 그건 분명 고기였다.

무승들이 모두들 음식물을 내뱉으며 인상을 찌푸렸다.

저도 모르게 육식을 하고 만 것이었다.

"이봐, 점소이! 우리는 육식을 하지 않는데 어째서 이곳에 고기를 넣은 것이냐?"

얼굴이 시뻘게진 무승들이 연신 화를 내며 따지고 들었다.

그런데 바로 그때였다.

"헉!"

무승들의 뱃속에서 뜨거운 기운이 올라오는 게 아닌가.

부글부글.

무승들의 눈이 흐릿해져 가며 뱃속에서는 뜨거운 열화가 연신 움찔거렸다.

순간, 손님들이 모두 객잔 밖으로 나갔다.

오낙이 무언가 이상한 낌새를 느끼고는 급히 운공을 하려 했다.

그러나 한발 늦고 말았다.

오낙의 뱃속에서도 뜨거운 열화가 움찔거리며 몸 안에 퍼지는 것이었다.

그 순간, 갑자기 객잔 문이 닫히고 객잔 주방에서 여인네들이 나오기 시작했다.

모두가 하나같이 미녀들이었다.

더욱이 하늘거리는 옷은 속이 훤히 비쳐 보였다.

낭창낭창한 몸매와 앙증맞은 속곳이 고스란히 드러났다.

그에 점소이가 씨익 웃었다.

"스님, 특별히 주문하신 여인네들입니다. 즐겨 주시길."

점소이가 주방으로 모습을 감추자 여인네들이 무승들에게 미소를 지으며 다가왔다.

그나마 정신이 멀쩡한 오낙이 뿌리치고 나가려 했으나 다리가 말을 듣질 않았다.

그렇게 여인네들의 손길이 오낙을 비롯한 무승들의 몸을 스쳐 지나갔다.

스르륵.

그럴 때마다 오낙과 무승들은 움찔 몸을 떨며 식은땀을 흘렸다.

불경을 외우며 마음을 다스리려 했지만, 이내 한계에 다다르고 말았다.

여인네들이 웃으며 걸친 것 같지도 않은 옷을 벗어 버린 것이다.

앙증맞은 속곳만을 걸친 여인네들이 무승들의 등을 부드럽게 쓰다듬었다.

스윽.

눈을 감은 채 불경을 외우고 있었지만, 무승들의 몸은 점점 주체할 수 없이 흔들렸다.

부들부들.

"아미타불⋯⋯."

순간, 여인네들의 손길이 무승들의 다리로 향했다.

스슥.

여인네들의 손이 종아리부터 허벅지까지 올라오자 무승들의 얼굴은 금방이라도 타오를 듯 붉게 변해 갔다.

"으......."

순간, 무승 중 한 명이 더는 참지 못하고 여인네의 품속으로 뛰어들었다.

덥썩.

그것을 시작으로 오낙을 비롯한 모든 무승들이 여인네들에게 달려들었다.

어느새 객잔 내는 환희로 가득 찼다.

*   *   *

굳게 닫힌 객잔 앞에 멍하니 서 있던 무승들은 하나같이 불경을 외우고 있었다.

그러나 그들의 목소리에는 힘이 없었고 허탈함만이 느껴졌다.

옷이 헝클어진 오낙은 조용히 옷매무새를 가다듬고는 한숨을 내쉬었다.

'......파문이다.'

무승들의 얼굴에도 절망이 담겨 있었다.

육식만 해도 경을 칠 일인데 여색이라니, 파문이 확실했다.

그러던 중 오낙의 옆에 있던 각천이 힘겹게 입을 열었다.

"사형⋯⋯."

"왜 그러느냐?"

"아무도 모르지 않습니까?"

각천의 말에 오낙이 고개를 갸웃거렸다.

"그게 무슨 소리냐?"

"저희가 비밀로 하면 아무도 모르지 않겠습니까?"

오낙이 각천을 쳐다보았다.

각천의 눈동자가 흔들리고 있었다. 그와 함께 오낙의 눈동자도 갈등으로 흔들리고 있었다.

오낙이 무승들을 쳐다보았다. 무승들의 눈에서도 동조의 눈빛이 흘러나오고 있었다.

오낙이 나직하게 중얼거리듯 물었다.

"비밀로 할 수 있겠느냐?"

"예⋯⋯."

무승들이 고개를 끄덕이며 힘겹게 답했다.

그러자 오낙이 한숨을 내쉬었다.

"그냥 사실대로 말하고 마땅한 벌을 받는 게 낫지 않겠더냐?"

그러나 스스로 말을 해 놓고도 오낙은 자신이 없었다. 그간 무공에 쏟아부은 세월들이 스쳐 지나갔다.

소림의 제자라는 이유로 많은 이들의 칭송을 받던 과거가 떠올랐다.

오낙의 말에 무승들은 침묵을 지켰다. 차마 입을 열어 말을 하기가 부끄러운 탓이었다. 그러자 오낙이 결국 결심한 듯 입을 열었다.

"오늘 일은 없던 것이다. 아무도 발설해서는 아니 된다. 그 누구도 말이다."

무승들이 고개를 주억거렸다.

그러자 오낙이 힘이 빠진 목소리로 말을 이었다.

"낙양사로 가자……."

어깨가 축 처진 채 앞서 가는 오낙의 뒤를 무승들이 쫓았다.

그들의 등 뒤로 붉은 태양이 지고 있었다.

보름이 흘렀다.

객잔에 들렀던 무승들은 심신의 안정을 되찾았다.

오낙도 아무 일이 일어나지 않자, 어느 순간 객잔에서 있던 일을 점차 잊고 있었다.

그러던 어느 날 소림의 대문 앞에 엄청난 수의 여인네들이 찾아왔다.

*   *   *

"이게 지금 말이 된다고 생각하십니까?"

혜반 대사가 한숨을 내쉬었다.

그러자 주위의 승려들이 고개를 내저었다.

그러자 혜반 대사가 말을 이었다.

"지금 소림 대문 앞에 있는 여인분들이 하나같이 뭐라고 하는지 아십니까?"

정적이 회의실을 감돌았다.

그러자 혜반 대사가 기가 찬 듯 허탈한 웃음을 내뱉었다.

"관가에 신고를 하겠답니다. 승려들이 자신들을 강제로 겁탈한 죄로 말입니다. 이게 도대체 불도의 길을 걷는 제자들에게 말이나 되는 소리냔 말입니다!"

쾅!

순간, 의자 팔걸이가 박살 났다.

"하, 하지만 그게 사실인지도 모르는……."

주름이 즐비한 승려가 조심스럽게 말하자 혜반 대사가 단호히 고개를 내저었다.

"이미 물어보았습니다. 제자들 모두 잘못했다며 시인하더군요."

혜반 대사의 말에 승려들이 경악하며 고개를 푹 숙였다.

불도의 제자를 걷는다는 제자들이 언제 여인들을 겁탈했단 말인가.

"하, 하지만 제자들은 모두 본사에서 수련을 하거나……."

"낙양사에서 시주를 받아 오는 길에 그랬답니다."

혜반 대사의 말에 승려들이 입을 다물었다.

그들도 낙양사 시주에 대해서 잘 알고 있었다. 암묵적으로 낙양 시내를 돌아다니는 것을 봐주긴 했는데, 일이 이렇게 커질 줄은 차마 상상도 못했다.

"저는 꿈에도 몰랐습니다. 낙양사로 시주를 보냈더니, 낙양 시내로 갔답니다. 이게 도대체 말이 되는 소리입니까?"

혜반 대사의 꾸짖음에 승려들이 입을 닫은 채 눈알만 연신 굴렸다.

혜반 대사가 어처구니가 없는지 목청이 터져라 말했다.

"제자들이 뭐라고 한 줄 아십니까? 겁탈은 아니랍니다, 겁탈이 아니래요! 그저 낙양 시내에 있던 객잔에 들렀는데, 어떤 음약에 당한데다 여인네들이 자진해서 왔다는 겁니다! 이게 당최 말이나 되는 소리입니까! 아니, 음약에 당해서 여인네들이 자진해서 왔다고 칩시다. 도대체 시내는 왜 간 겁니까? 네?"

혜반 대사가 씩씩거렸다.

평상시 웬만해서는 화도 내지 않는 혜반 대사였다.

중요한 서적을 태워 먹거나 혹은 물품을 깨부순다 해도 너털웃음만을 짓던 혜반 대사였다.

그러나 지금은 악귀들조차 혜반 대사의 얼굴을 보고 겁을 집어먹고 도망칠 것 같았다.

뭐라 할 말이 없는 승려들은 그저 입을 다문 채 바닥을 내려다볼 뿐이었다.

혜반 대사가 한숨을 내쉬었다.

"우선 여인분들을 만나 봅시다."

끼이익.

소림의 대문으로 나간 혜반 대사는 속으로 침음을 삼킬 수밖에 없었다.

아녀자들은 아니었다.

하지만 기루에서 일하는 여인으로도 보이지 않았다.

그녀들은 관가에 신고하겠다며 무승들을 데려오라고 재촉하고 있었다.

혜반 대사가 숨을 몰아쉬더니, 여인들에 앞에 조심스럽게 섰다.

"소림의 방장, 혜반입니다."

순간, 여인네들의 웅성거림이 멎었다.

"본 사의 제자들이 저지른 짓을 마땅히 응징해야 할 것이라 생각합니다."

잠시 여인네들을 훑어보던 혜반 대사가 말을 이어나갔다.

"관련이 있는 제자들을 모두 참회동으로 보낼 것이며, 소림은 참회하고자 일 년간 봉문에 들어가도록 하겠습니다."

파격적인 말이었다.

이번 일에 관련된 무승들을 모두 참회동에 보낸다는 것은 파격적인 선택일 수밖에 없었다.

여인네들이 연신 웅성거리다가 이내 우두머리로 보이는 여인이 입을 열었다.

"강호의 태산북두라는 소림의 처사 치고는 매우 실망스럽군요."

혜반 대사가 조용히 합장을 했다.

그러고는 단호하게 한 글자씩 강조하며 입을 열었다.

"음모가 있다는 것을 알고 있습니다. 단지 제자들도 잘못을 했기에 그냥 넘어가는 것입니다. 더 이상 도발하지 말아주십시오."

"헉!"

혜반 대사의 눈빛을 정통으로 받은 여인의 다리가 휘청거렸다.

혜반 대사의 몸에서 흘러나오는 기운을 접한 여인들은 연신 몸을 부들부들 떨었다.

더는 할 말이 없다는 듯 혜반 대사는 천천히 합장을 하고는 소림 안으로 들어가 버렸다.

이어 대문이 거칠게 닫혔다.

쾅!

이후 굳게 닫힌 소림의 대문 앞에는 하나의 글자가 커다랗게 붙여졌다.

봉(封).

그 후, 한 달이란 시간이 흘렀다.

       *　　*　　*

　참회동(懺悔洞).

　우진후가 손을 탁탁 털었다.

　"처리했습니다."

　주변에는 승려들이 정신을 잃은 채 널브러져 있었다.

　그에 독고천이 만족한 듯 고개를 끄덕이더니 참회동 안으로 들어섰다.

　터벅터벅.

　많은 승려들이 가부좌를 튼 채 눈을 감고 있었다. 그들의 얼굴에는 어두운 빛이 가득했고, 피골이 상접한 모습이었다.

　순간, 가부좌를 틀고 있던 승려들의 눈이 떠졌다.

　그리고 독고천과 우진후를 발견하고는 몸을 일으키려 했다.

　하지만 생각과 달리 몸을 움직일 수가 없었다.

　"혀, 혈도를······."

　승려들이 침음을 삼키며 내력을 돌려보았지만, 꿈적도 하지 않았다.

　독고천이 천천히 검을 뽑아 들며 말했다.

　"다들 객잔에서 재미들 좀 봤나?"

　이죽거리는 독고천의 말에 승려들의 눈이 경악으로 물들었다.

흉수가 바로 눈앞에 있었다.

음약으로 자신들의 인생을 망가뜨린 흉수가 말이다.

"어찌하여 이런 짓을 벌인 것이냐!"

승려 중 한 명이 노성을 터뜨리며 묻자 독고천이 검을 빙글빙글 돌리며 다가갔다.

독고천이 다가오자 승려는 연신 식은땀을 흘렸다.

그 모습에 독고천이 씨익 웃었다.

"이유는 저승에 먼저 가 있는 혜연에게나 물어보도록 하게."

스윽.

순간, 독고천의 검이 아래로 그어졌다.

승려의 몸이 두 동강 나며 양옆으로 널브러졌다. 다른 승려들은 눈을 질끈 감으며 깊은 침음을 삼켰다.

독고천이 턱짓을 했다.

그러자 우진후가 고개를 끄덕이고는 검을 뽑아 들었다.

스릉.

맑은 검신이 어두운 참회동 안에서 번쩍였다.

우진후의 검이 그어질 때마다 승려의 머리가 하나씩 떨어졌다.

"으아악!"

승려들은 연신 비명을 내지르며 몸을 움직이려 했지만, 아무도 그들을 구하러 오지 않았다.

승려들은 우진후의 칼 아래 한 맺힌 절규를 내뱉으며 목숨을 잃어 갔다.

마지막 남은 승려의 머리가 떨어지자 우진후가 피를 털어
내고는 검집에 검을 집어넣었다.

철컥.

독고천이 입을 달싹였다.

"가자."

"존명."

두 사내는 순식간에 모습을 감추었다.

이제 피비린내가 가득 풍기는 참회동에는 정적만이 흐를
뿐이었다.

*   *   *

독고천은 바위에 등을 기댄 채 비급을 읽고 있었다.

낡았지만 매우 고풍스러운 분위기를 자아내는 비급.

태청검법(太淸劍法).

독고천은 비급을 덮고는 잠시 눈을 감았다.

그러더니 이내 눈을 뜨고는 몸을 일으켰다.

검을 뽑아 이리저리 휘두르는 독고천.

슈슉.

내력이 실려 있진 않았지만, 현묘한 움직임이 물씬 풍겨

나왔다.

약 한 시진 정도 검을 휘두르던 독고천이 고개를 끄덕였다.

"좋은 검법이군."

그러자 옆에 앉아서 비급을 읽고 있던 우진후가 동의한다는 듯 고개를 주억거렸다.

"좋은 검법이군요. 그런데 여기 부분은 어떻게 내력을 돌려야 합니까?"

우진후가 내민 비급 겉표지에도 태청검법이란 글이 쓰여 있었다.

태청검법은 무당파의 진산 검법 중 하나로, 태극혜검에 버금가는 무서운 검법이었다.

태청검법에서 흘러나오는 태청진기는 못 자르는 것이 없다고 할 정도였다.

슬쩍 비급을 훑어보던 독고천이 직접 우진후의 손목을 쥐고는 내력을 돌리며 말했다.

"지금 내 내력이 흐르는 곳에서 한 번 튕겨 주면 된다."

"오, 그러네요."

우진후가 짙게 웃으며 고개를 끄덕였다.

그러자 독고천이 비급을 갈무리했다.

"다 훑었으면 일어나자."

"존명."

                    *   *   *

 호북성에서는 잔인한 살인 사건이 연속으로 일어나고 있
었다.

 천문파(天門派), 형문파(荊門派), 대오파(大悟派) 그리
고 제갈세가(諸葛世家).

 호북에서 한가락 한다는 문파들의 일대제자 중 절반 이상
이 목숨을 잃은 것이다.

 목과 팔다리가 잘린 채 방 안에서 발견된 시신은 세인들
의 경악을 사기에 충분했다.

 호북에서 가장 영향력 있는 문파는 무당파였다. 당연히
사건이 일어났으니, 무당에서 고수들을 파견했다.

 "무당에서 왔소."

 청의사내가 말하자 천문파의 문지기가 정중히 고개를 숙
였다.

 "잠시만 기다려 주십시오."

 문지기가 대문 안으로 들어가더니 곧바로 문을 열었다.

 "들어오십시오."

 청의사내가 대문 안으로 들어서자 백의 중년인이 반겨 왔
다.

 "화진 도색님, 오랜만입니다."

 청의사내, 화진이 고개를 끄덕이며 답했다.

 "오랜만이오."

천문파 문주, 기잔용이 손짓을 하며 방으로 화진을 안내했다.

화진이 의자에 앉으며 차를 홀짝이자 기잔용이 어두운 표정으로 입을 열었다.

"다름이 아니라, 제 아들놈이 살수에게 당한 듯싶습니다."

"알고 있소. 그래서 본 파에서는 고수들을 파견하여 실마리를 찾고자 하오."

화진의 말에 기잔용이 연신 고개를 끄덕이며 애처로운 표정을 지었다.

"예, 제발 흉수 좀 찾아 주십시오."

찻잔을 비운 화진이 벌떡 일어서더니 기잔용을 쳐다보며 말했다.

"안내하시오."

"예예."

기잔용이 급히 밖으로 나서며 작은 전각 안으로 안내했다.

방 안은 말 그대로 처참했다.

사방이 온통 피 칠갑이 되어 있었으며, 시신은 난도질되어 있었다.

끔찍한 참상에 화진이 헛기침을 하더니, 시신을 자세히 보기 위해 무릎을 굽혔다.

그 뒤에서 기잔용은 안절부절못하며 연신 돌아다녔다.

한참 동안 시신을 조용히 훑어보던 화진이 조심스럽게 시신의 의복을 벗겨 냈다.

그러자 시신의 상처 가득한 상체가 드러났다.

어지러운 검흔이었는데, 어딘가 익숙한 검로이기도 했다.

"익숙한데……."

화진이 고개를 갸웃거리며 검흔을 자세히 살폈다.

그러던 어느 순간, 화진의 이마에서 식은땀이 흘러내리며 등이 축축해졌다.

'태, 태청검법이다!'

태청검법이었다. 무당에서 태극혜검 다음가는 절기라는 태청검법의 흔적이 시신에 남아 있었다.

아무리 보고 또 봐도 태청검법이 맞았다.

화진은 벌떡 일어섰다.

"이만 가 보겠소."

"어딜 가십니까? 흉수를 찾아 주셔야지요!"

기잔용이 애처롭게 말했지만, 화진은 급히 대문을 나섰다.

홀로 남은 기잔용은 처참한 표정을 지은 채 멀뚱히 서 있었다.

*　　*　　*

괴이한 소문이 돌기 시작했다.

살해당한 모든 시신에서 태청검법의 흔적이 나왔다는 소문이다.

물론 감히 무당파를 의심치 못했다.

하지만 하나하나 증거들이 밝혀질수록 범인은 무당파로 좁혀지고 있었다.

태청검법이 발견되었고, 무당 고유의 신법을 밟은 듯한 흔적이 문파들의 곳곳에 남아 있었다.

또한 무당파의 일대제자인 옥충인이 없어진 날과 살인 사건들이 일어나기 시작한 시기가 정확히 일치했다.

옥충인은 뛰어난 검객이었지만, 혈향이 짙게 풍기는 검객이었다.

그리하여 무당파에서는 옥충인의 혈향을 지우고자 참회동에 들게 하려 했다.

하지만 옥충인이 서신 한 장을 남긴 채 모습을 감추고 말았다.

가장 큰 문제점 중 하나는, 옥충인의 절기가 바로 태청검법이라는 것이었다.

옥충인은 태청검법을 구성까지 익혔는데, 정확히 그 경지에 이르렀을 때 펼칠 수 있는 태화유수(太和流水)의 초식이 시체들의 상흔에 남아 있던 것이다.

굳이 말은 꺼내진 못했지만, 모두들 암묵적으로는 무당파가 범인이라 확신하고 있었다.

결국 소문이 확산되고 부풀어지자 무당의 장문인이 직접 피해 문파들을 방문하기 시작했다.

"누구십니까?"

무당의 대문을 지키는 문지기의 질문에 우진후가 주위를 훑어보더니 입을 열었다.

"장문인은 안에 계시나?"

"장문인께서는 대오파에 가셨습니다."

문지기가 정중히 답하자 우진후가 옆에 서 있는 독고천을 바라보았다.

"마침 때를 잘 맞춰 왔습니다."

"딱이군."

독고천이 동의한다는 고개를 끄덕이자 우진후의 검이 문지기의 목을 주저없이 꿰뚫었다.

푸슛.

난데없는 기습에 문지기가 힘없이 앞으로 고꾸라졌다.

그에 아랑곳 않은 채 우진후가 칼에 묻은 피를 한 번 털어내고는 대문을 발로 걷어찼다.

쾅!

대문이 거칠게 열리자 무당파 안에 있던 제자들이 병장기를 빼 들며 소리쳤다.

채채챙!

"누구냐!"

그러나 독고천은 그들의 반응 따위는 신경도 쓰지 않은 채 우진후에게 물었다.

"그나저나 그 녀석들은 언제 오기로 했지?"

갑자기 우진후가 멍하니 하늘을 올려다보았다.

어느새 노을이 지고 있었다.

그 모습에 우진후가 씨익 웃으며 답했다.

"지금입니다."

순간, 흑의를 입은 사내들이 담벼락을 뛰어넘으며 무당파에 난입했다.

사사삭.

그들의 검은 무자비했으며 잔혹했다.

무당파의 제자들은 갑작스런 기습에 속수무책으로 당할 수밖에 없었다.

"으아악!"

"기습이다!"

난입한 흑의사내들 중 한 명이 독고천과 우진후 앞에 다가오더니 부복했다.

"태상교주(太上敎主)님과 대주님을 뵈옵니다."

태상교주란 말에 독고천이 피식 웃었다.

"내총관이 지었나?"

그러자 흑의사내가 고개를 끄덕였다.

"옛, 내총관님과 교주님께서 새로 직위를 만드셨습니다."

"태상교주라······ 마음에 드는군."

독고천이 만족한 듯 씨익 웃자 흑의사내가 고개를 조아리
더니 명패를 건네주었다.

"이게 뭔가?"

독고천의 손에는 구름 모양의 명패가 들려 있었다.

흑의사내가 고개를 조아렸다.

"태상교주님의 명패입니다."

"고맙게 쓰겠네."

독고천이 명패를 품속에 갈무리했다.

그 모습을 지켜보고 있던 우진후가 흑의사내에게 물었다.

"그나저나 주변은 잘 처리했나?"

"옛! 환영진법을 설치해 놓았기에 주변인들은 침입을 하
지 못할 겁니다."

"잘했군. 하던 일 마저 하게."

"존명."

흑의사내가 검을 뽑아 들고 무당의 제자들에게 신형을 날
렸다.

파앗!

독고천은 대문 바로 옆에 있는 바위에 걸터앉더니 하품을
했다.

"하암, 언제 끝나겠나?"

"노을이 지기 전엔 끝날 겁니다."

우진후가 흑의사내들을 훑어보며 답했다.

한데 그 와중에 몇 명의 무당 제자들이 뛰어난 검술을 보

이며 흑의사내들을 한두 명씩 무너뜨리고 있었다.

우진후가 검을 뽑아 들었다.

"저도 갔다 오겠습니다."

"그래라."

"존명."

팟!

말을 마친 우진후의 신형이 쏘아져 나갔다.

그 뒷모습을 바라보던 독고천이 노을을 멀뚱히 바라보며 무심히 중얼거렸다.

"……앞으로 세 군데 남았군."

*　　*　　*

강호가 경악으로 물들었다.

검객들의 성지인 무당파가 멸문지경에 처할 정도로 천마신교에게 당했다는 소문이 강호를 강타한 것이다.

다행히 장문인과 장로들이 제시간에 돌아온 덕분에 천마신교의 급습을 막아 낼 수 있었다.

하지만 이미 엄청난 피해를 입은 터라 무당은 결국 봉문을 해야 할 정도로 휘청거렸다.

그러나 무당의 장문인, 태극검제는 그런 상황에도 불구하고 천마신교와의 전쟁을 선포했다.

무당은 강호무림맹에 자신들의 상황을 얘기하고 그들의

도움을 원했다.

강호무림맹도 이와 같은 천마신교의 행위에 참을 수 없다면서 전쟁을 선포했다.

천마신교와 싸우고자 하는 의협들이 강호무림맹으로 하나둘씩 모이고 있었다.

*　　　*　　　*

화르르.

"불이야!"

아닌 밤중에 홍두깨였다.

곤륜의 제자들이 급히 물을 가져다 불을 끄려 했다.

촤아아.

하지만 화마(火魔)는 더욱 불꽃을 터뜨리며 곡식 창고를 휘감았다.

활활.

곤륜의 제자들이 불을 껐을 때에는 아무리 아껴 먹는다해도 겨우 한 달 분량의 식량만이 재로 뒤덮여 있을 뿐이었다.

곤륜의 장문인, 태청무왕 석대풍은 그 모습을 보며 침음을 삼켰다.

몽땅 타 버린 곡식 창고를 허무하게 바라보던 석대풍이이내 무언가를 깨달은 듯 이를 갈았다.

"마교 놈들이구나……."

석대풍도 무당과 천마신교에 관한 소문을 들어 알고 있었다.

석대풍이 소리쳤다.

"곤륜대를 파견하여 주위를 살피어라!"

"옛!"

곤륜대는 곤륜파의 유일한 무력 부대였다.

장문인의 명에 곤륜대주가 곤륜대를 이끌고 곤륜파를 나서려 했다.

그러나 곤륜대주는 걸음을 멈출 수밖에 없었다.

곤륜파를 중심으로 자색 기운을 흘려 내는 흑의사내들이 원을 그리며 서 있는 탓이었다.

흑의사내들의 몸에서는 멀리서 보일 정도로 자색 마기가 흘러나오고 있었다.

말로만 듣던 천마신교의 사대무력부대 중 하나인 듯싶었다.

아니, 하나의 무력 부대 정도가 아니었다.

족히 삼백여 명은 되어 보이는 흑의사내들이 병장기를 뽑아 든 채 서 있었다.

그들은 뭐가 그렇게 즐거운지 이를 내보이며 연신 떠들썩대고 있었다.

그러나 그런 겉모습과는 달리 병장기에서는 연신 날카로운 기운이 흘러나오고 있었다.

번쩍.

그들을 지켜보던 석대풍의 등에서 식은땀이 흘러내렸다.

'이 상황을 어찌 타개해야 할꼬……'

그야말로 절체절명의 상황.

자연 석대풍의 고민이 깊어만 갔다.

*   *   *

한 달이 흘렀다.

강호무림맹으로 모여들던 의협들은 하나같이 갑작스런 기습으로 쓰러졌다.

또한 봉문을 선언한 남중원의 문파들은 강호무림맹의 지원 요청에 응하지 않았다.

그렇게 강호무림맹의 지원이 늦어지면서 고립된 곤륜파에서 아사자들이 발생하기 시작했다.

무공을 익히지 못한 하인들은 이미 사망했고, 내력이 약한 삼대제자들 몇몇도 아사할 정도였다.

내력이 어느 정도 받쳐 주는 이대제자들은 겨우겨우 버티는 정도였다.

곤륜파를 둘러싸고 있는 천마신교의 고수들은 고기까지 구워 가며 신나게 떠들고 있었다.

솔솔 고기 냄새가 곤륜파 안으로 들어오자 보름째 굶은 곤륜파의 제자들은 이를 갈았다.

"장문인."

"이대로 굶어 죽는 것보단 싸우다 죽는 게 낫습니다."

"맞습니다!"

곤륜파의 제자들이 아우성쳤다.

그러자 석대풍은 눈을 질끈 감았다.

이윽고 고민을 마친 듯 석대풍이 눈을 떴다.

그런 석대풍의 눈에서는 엄청난 기운이 흘러나오고 있었다.

그것은 분노였다.

"모두들 병장기를 들어라."

석대풍이 읊조리듯 말하자 곤륜의 제자들이 함성을 내지르며 병장기를 뽑아 들었다.

"다들 나가서 준비해라."

석대풍의 말에 곤륜의 제자들이 대문 밖으로 나섰다.

척!

석대풍이 검을 치켜들었다.

"다들 준비되었느냐!"

"예!"

우렁찬 목소리가 곤륜에 울려 퍼졌다.

그런데 갑자기 천마신교의 고수들이 부랴부랴 후퇴를 하는 게 아닌가.

슈슈슉.

후퇴 속도가 얼마나 빠른지 순식간에 썰물처럼 빠져나가 버렸다.

대문을 나선 곤륜의 제자들은 멀뚱히 그들을 쳐다보고 있었다.

그들의 눈에는 당황함이 물들어 있었다.

제자 중 한 명이 당황한 표정을 지우지 못한 채 물어 왔다.

"장문인, 이, 이게 도대체……?"

석대풍이 옆에 놓여진 바위에 털석 주저앉으며 신음을 흘렸다.

'……또 당했구나.'

곤륜의 제자들도 허탈한지 모두 주저앉아 버렸다. 그들의 눈에는 허망함이 가득 차 있었다.

잠시 바위에 앉아 있던 석대풍이 힘없는 목소리로 입을 열었다.

"곤륜대주는 곤륜대를 이끌고 식량을 구해 오라."

"옛!"

곤륜대주가 애써 미소를 지으며 곤륜대를 쳐다보았다.

"자자, 피해 없이 그들이 물러갔으니 얼마나 다행이냐. 다들 식량을 구하러 가자."

"옛."

곤륜대원들이 몸을 일으키고는 터덜터덜 걸음을 옮겼다.

지금 그들의 판단력은 극도로 흐려져 있었다.

식수는 창고의 불을 끄는 데 모두 소모했고, 식량도 다 타 버렸다.

보름 동안 물도 제대로 마시지 못하고, 식사도 하지 못했다.

거기다 천마신교의 고수들이 언제 쳐들어올지 모르니 잠도 제대로 취하지 못했다.

당장 쓰러지지 않는 게 이상할 정도였다.

곤륜대주가 곤륜대를 격려했다.

"자자, 언제 마교 놈들이 쳐들어올지 모르니 자네하고 자네는 이쪽을 경계하고……."

순간, 곤륜대주가 입을 다물었다.

땅을 보며 터덜터덜 걷던 곤륜대원들이 의아하게 여기고는 곤륜대주를 쳐다보았다.

곤륜대주의 목에 혈선이 그어지더니, 이어 머리가 툭, 떨어졌다.

푸와아.

곤륜대주의 목에서 피분수가 치솟는 것과 동시에 검이 튀어나오며 가장 앞에 서 있던 곤륜대원의 목을 꿰뚫었다.

푸욱.

목에 꽂힌 검이 빠져나가자 곤륜대원이 앞으로 고꾸라졌다.

독고천이 씨익 웃었다.

"안녕하신가."

그러나 곤륜대원들은 여전히 상황이 판단되지 않은 듯 멍하니 독고천을 바라볼 뿐이었다.

그것도 잠시. 이윽고 상황이 파악된 듯 곤륜대원들이 병장기를 뽑아 들고 독고천에게 덤벼들었다.

"죽어라!"

독고천의 검이 아름다운 호선을 그렸다.

슈슈슉.

그와 동시에 곤륜대원들의 팔이 일제히 떨어져 나갔다.

"크악!"

다시금 독고천의 검이 유려한 곡선을 그렸다.

곤륜대원들이 피를 토하며 널브러져 연신 신음을 터뜨렸다.

비명 소리에 놀라 뛰쳐나온 석대풍과 독고천의 눈이 허공에서 마주쳤다.

석대풍의 눈동자가 심히 흔들렸다.

"서, 설마……."

독고천이 차갑게 웃었다.

"오랜만이군."

석대풍은 현기증이 났다.

머리가 어지러웠고 두통이 지끈지끈 이마를 짓눌렀다.

"어떻게 살아남은 것이오?"

석대풍이 힘겹게 물었지만, 독고천은 아무 말도 않은 채 석대풍을 가만히 주시했다.

그에 묵직한 기운이 석대풍의 어깨를 짓눌러 왔다.

'더 강해졌구나.'

석대풍이 침음을 삼키며 주위를 두리번거렸다. 모두들 투지를 상실한 채 겨우 버티고 있었다.

이대로라면 멸문지화를 당할 수밖에 없으리라.

석대풍이 이를 악물고 물었다.

"무엇을 원하오?"

"봉문과 금언(禁言)."

봉문이란 말에 석대풍의 뇌리에 무언가가 스쳐 지나갔다.

"흑검제?"

독고천이 고개를 끄덕였다. 그러자 석대풍이 깊은 한숨을 내쉬며 입을 열었다.

"붓을 가져오거라."

이내 한 제자에게 붓을 건네받은 석대풍이 서신에 이름을 휘갈겨 썼다.

그리고 독고천을 노려보았다.

"만족하오?"

독고천이 서신을 품 안으로 갈무리하며 고개를 주억거리고는 씨익 웃었다.

"그런데 은원은 갚아야지?"

은원이라는 말에 석대풍이 낮게 신음을 터뜨렸다. 십 년 전 일을 말하는 것이었다.

"좋소. 강호인으로서 은원을 끝맺도록 하겠소."

석대풍이 대문 밖으로 나섰다.

갑작스런 상황에 곤륜의 제자들이 당혹해하며 외쳤다.

"장문인, 어디 가십니까?"

대문을 나서던 석대풍이 뒤를 돌아보았다.

석대풍의 눈에서는 강대한 기운과 압도적인 위압감이 흘러나왔다.

하지만 그 속에는 또한 알지 못할 슬픔이 스며 있었다.

"여기 있거라. 오래전 은원을 끝내고 오겠다. 설사 내가 돌아오지 못한다 해도 약속은 약속이니 봉문을 해야 한다. 그리고 석동아……."

석동이라 불린 사내가 고개를 조아렸다.

"예, 장문인."

"네가 곤륜을 이끌어 갔으면 좋겠구나."

그 말을 끝으로 대문을 나선 석대풍은 끝내 곤륜의 품으로 돌아오지 못했다.

* * *

꼭두새벽부터 마당을 청소하던 청성의 제자, 이재벽은 자신의 눈을 미친 듯이 비볐다.

슥슥.

마당에 웬 검이 버려져 있었다.

투박한 검집과 달리 검병은 매우 깨끗한 것으로 보아 명검인 듯 보였다.

주위를 두리번거리던 이재벽이 검병을 뽑아 들었다. 그러자 날카로운 검명이 낮게 울려 퍼졌다.

　스릉.

　순간, 검면에 새겨져 있는 음각을 살펴보던 이재벽은 경악성을 내지를 수밖에 없었다.

第六章

지업자득(自業自得)

화룡검(火龍劍).

화룡검이 무엇이던가.

무림오대명검 중 하나인 희대의 검이 아니던가.

이재벽의 놀란 얼굴이 화룡검의 검신에 그대로 비쳤다.

은은한 열기가 흘러나오는 것으로 보아 정말 오대명검 중
하나인 화룡검이 맞았다.

이재벽이 주위를 급히 훑었다.

아무도 없었다.

이재벽이 급히 화룡검을 들고는 자신의 방으로 뛰어 들어
갔다.

아직 다른 사람들은 잠꼬대까지 하며 잠에 빠져 있었다.

이재벽은 조심스럽게 검을 이부자리 아래에 깔아 놓았다.

"야!"

흠칫.

순간, 이재벽의 가슴이 철렁 떨어졌다.

이재벽이 조심스럽게 옆을 바라보자 한창 잠꼬대를 하고 있는 구초영이 눈에 들어왔다.

자신과 동시에 입문한 동기였다.

항상 밝고 긍정적이었기에 가장 친한 동기이기도 했다.

슬쩍 구초영을 살펴보던 이재벽이 살금살금 밖으로 나갔다.

문을 닫고 다시 마당으로 나온 이재벽은 크게 한숨을 내쉬었다.

"휴우."

하지만 이재벽의 위기는 거기서 끝이 아니었다.

"이 시간에 뭐 하느냐?"

갑자기 들려온 말소리에 이재벽이 흠칫거리며 옆을 바라보았다.

그곳엔 언제 나왔는지 청성의 장문인, 청성신검 풍진이 있었다.

이재벽이 급히 고개를 조아리며 입을 열었다.

"장문인을 뵙니다."

"그래, 이른 시간에 안 자고 뭐 하느냐."

"마당을 청소하고 있었습니다, 장문인."

이재벽의 손에 들려 있는 빗자루를 훑어보던 풍진이 흐뭇한 미소를 지었다.

"부지런하다 못해 마음수양도 훌륭하구나. 열심히 하거라."

"예, 장문인."

풍진이 서서히 모습을 감추자 이재벽은 그제야 이마에서 흐르는 식은땀을 닦았다.

이후, 이재벽은 새벽마다 일어나 화룡검을 살펴보고 닦는 것으로 하루를 시작했다.

누가 볼까 항상 이재벽의 눈은 연신 주위를 훑었고, 그의 등이 흘러내리는 식은땀으로 마를 겨를이 없을 정도였다.

하루하루가 지날수록 이재벽의 얼굴은 피폐해져 갔다.

그러던 어느 날이었다.

마침 일대제자 급 이상 모두가 야간 수련을 하러 청성산으로 올라간 터였다.

방에는 아무도 없었다.

이재벽은 화룡검을 살펴보기 위해 이부자리를 걷어냈다.

이재벽의 얼굴에는 탐욕이 짙게 묻어 나왔다.

"이재벽."

흠칫.

조용히 화룡검을 꺼내던 이재벽의 몸이 부르르 떨렸다.

그러고는 조심스럽게 고개를 뒤로 돌렸다. 순간, 구초영과 이재벽의 눈이 허공에서 마주쳤다.

"뭐 하냐?"

그러나 평소와 달리 이재벽의 눈에서는 괴기한 기운이 흘러나오고 있었다.

스멀스멀.

이재벽이 들고 있는 검을 발견한 구초영이 눈을 빛냈다.

"오, 그거 뭐냐? 새 검이냐?"

구초영이 다가오자 이재벽이 화룡검을 뒤로 숨겼다.

그러자 구초영이 씨익 웃었다.

"한 번만 보자."

"안 돼."

이재벽이 단호히 고개를 내저었다.

이재벽의 이마와 등에서는 연신 식은땀이 흘러내렸고, 숨소리는 거칠어져 갔다.

구초영이 고개를 갸웃거렸다.

"몸이라도 아픈 거야? 괜찮아?"

"괜찮아. 신경 쓰지 마."

이재벽이 거칠게 말하자 구초영이 놀란 듯 멍하니 바라보았다.

그러자 이재벽이 자신의 실수를 인식한 듯 애써 억지미소를 지었다.

"난 괜찮으니까. 신경 쓰지 않아도 돼."

"그래, 그럼……."

휙.

뒤돌아서던 구초영이 갑자기 이재벽의 검을 낚아채며 씨익 웃었다.

"히히, 감히 형님 몰래 검을 숨겨 놓다니. 한 번 보자구⋯⋯."

순간, 구초영의 입에서 피가 터져 나왔다.

푸욱.

어느새 이재벽이 검을 뽑아 구초영의 가슴에 박아 넣은 것이다.

구초영이 눈이 경악으로 물들었다.

"너⋯⋯ 왜 나를⋯⋯?"

구초영의 입에서 피가 꿀럭꿀럭 흘러나왔다.

그러자 이재벽이 검을 더욱 깊게 쑤셔 박았다.

꾸욱.

이재벽의 입가에 작은 미소가 새겨졌다.

"하하, 이건 내 검이야⋯⋯."

*　　*　　*

청성신검 풍진은 조용히 눈을 감았다. 동시에 입에서는 작은 침음이 흘러나왔다.

야간 수련을 위해 장로들과 일대제자들과 함께 청성산으로 향했다.

비록 청성파 내에는 이대제자들과 삼대제자들 뿐이었지

만, 그래도 일대제자 급인 이재벽을 비롯한 구초영 등이 있었기에 별걱정 없이 다녀온 터였다.

또한 일각조차 걸리지 않는 거리이니, 무슨 일이 생길 경우 바로 달려올 수 있었다.

그런데 청성의 대문이 박살 나 있었다.

피비린내가 물씬 풍기고, 전각은 박살 나 있었으며, 사방에는 시체들이 널브러져 있었다.

그리고 그 중심에서 이재벽이 괴기한 기운을 흘리며 혼자 중얼거리고 있었다.

"······맞아. 내 검을 빼앗으려 하다니. 그럼 죽어도 싸지."

이재벽은 뛰어난 검객이었다.

특히 그의 팔성에 다다른 청풍검법은 현묘한 기운이 물씬 풍겨 나오는지라 기대가 남달랐다.

이제 곧 일대제자 승급 시험에서 수석으로 일대제자에 오르리라 믿고 있었거늘.

"이재벽."

풍진이 조용히 중얼거리듯 입을 열었다.

시체 사이에서 중얼거리던 이재벽은 풍진의 말을 듣지 못한 듯 연신 혼자 중얼거렸다.

보다 못한 풍진이 결국 사자후를 터뜨렸다.

"이재벽!"

순간, 이재벽이 흠칫 놀라며 고개를 들었다.

이재벽의 눈은 흐릿해져 있었고, 몸에서는 자색 기운이 흘러나오고 있었다.

"장문인……."

"그래, 나다."

풍진이 고개를 끄덕이자 이재벽이 들고 있던 검을 뒤로 숨기며 조심스럽게 물었다.

"장문인도 제 검이 탐나십니까? 네?"

이재벽의 말에 풍진의 시선이 검으로 꽂혔다.

그리고 풍진은 그 검을 한눈에 알아보았다.

자신의 사부가 한창 마교와의 전쟁에서 활약하고 있을 즈음, 저 검을 들고 청성으로 찾아온 마인의 일검에 쓰러졌던 것이다.

벌써 오십 년 전의 일이었다.

"네가 어떻게 그 검을 들고 있는 것이냐!"

"역시! 장문인도 제 화룡검을 원하시는 겁니까? 드릴 수 없습니다. 안 됩니다. 절대로. 이건 제 겁니다."

이재벽이 검을 꼬옥 껴안으며 이를 갈았다.

화룡검이라는 말에 풍진이 고개를 내저었다.

"그것은 화룡검이 아니다. 그것은 마령검(魔令劍)이란 말이다!"

마령검이란 말에 이재벽의 눈이 흔들렸다.

마령검은 천마신교의 신물로, 심약한 마음을 지닌 자라면 마령검의 귀기에 씌워 혈귀가 되어 버린다는 전설의 신물이었다.

그나마 이재벽의 내력이 순수했기에 이렇게나마 버티고 있던 것이지, 다른 이였다면 이미 진즉 이성을 빼앗겼을 것이다.

그러나 이미 영혼을 빼앗긴 이제벽에게는 아무런 말도 통하지 않았다.

이재벽은 자세를 바로잡으며 입을 열었다.

스윽.

"마령검은 익히 들어 보았습니다. 저를 속여서 제 화룡검을 빼앗으려는 장문인의 속셈도 잘 들었습니다, 장문인."

이재벽의 입가에 미소가 새겨졌다.

풍진이 한숨을 내쉬었다.

"검신을 자세히 보거라."

이재벽이 조심스럽게 화룡검의 검신을 자세히 훑었다.

과연 화룡검이란 음각 아래에 무언가가 적혀 있었다.

이재벽이 손가락에 내력을 담은 채 화룡검의 검신을 긁었다.

까가각.

그러자 화룡검이었던 음각이 서서히 지워지더니, 새로운 음각이 모습을 드러냈다.

마령검(魔令劍).

순간, 이재벽의 눈동자가 더할 나위 없이 커졌다.

부들부들 몸을 떠는 이재벽이 울먹이듯 말했다.

"장문인, 저, 저는……."

"알고 있다. 우선 검을 내려놓거라."

잠시 검을 내려놓으려던 이재벽이 고개를 내저었다.

울먹이던 이재벽의 얼굴에는 어느샌가 악귀와도 같은 미소가 새겨져 있었다.

"감히 저를 속이려 하시다니요, 장문인? 하하!"

그 모습에 풍진이 혀를 차며 검을 뽑아 들었다.

스릉.

오늘따라 검명이 구슬프게 느껴졌다.

"미안하구나, 재벽아."

순간, 풍진의 검이 허공을 갈랐다.

이재벽이 급히 마령검을 들어 올렸지만, 풍진이 쏘아 낸 검풍은 거칠 것 없이 가슴에 적중했다.

쾅!

이재벽이 피를 토하며 뒤로 물러섰다.

하지만 놀랍게도 이재벽은 씨익 웃어 보이기까지 했다.

그 모습에 풍진이 참담한 표정을 지으며 고개를 내저었다.

"몸마저 먹혔구나."

그런데 그때였다.

언제 나타났는지 모를 흑의사내가 이재벽 옆에 서 있었다.

풍진의 눈이 경악으로 물들었다.

그러자 흑의사내, 독고천이 고개를 주억거렸다.

"음, 역시 기억하고 있군. 오랜만이야."

"교, 교주……."

풍진의 경악 어린 중얼거림에 독고천이 씨익 웃더니 이재벽에게 다가갔다.

"저리 가!"

이재벽이 이를 갈며 검을 휘둘렀다.

휘익.

순간, 독고천의 손이 이재벽의 가슴팍을 꿰뚫고 지나갔다.

파직.

피를 토하며 힘없이 뒤로 널브러진 이재벽의 손에서 마령검을 주워 드는 독고천.

스윽.

그런 후, 독고천과 풍진의 눈이 다시 마주쳤다.

독고천이 씨익 웃으며 입을 열었다.

"잃어버린 물건을 찾으러 왔다네."

"당신이 저지른 일인가?"

풍진이 이를 악물고 묻자 독고천이 어깨를 으쓱였다.

"당최 무슨 소리인지 모르겠군."

풍진이 슬쩍 뒤를 바라보았다.

자신이 먼저 내려왔기에 일대제자들 및 장로들은 아직 당도하지 못한 상황.

하나 대략 한 시진 후면 모두 도착할 것이었다.

각오를 굳힌 풍진이 검을 치켜들자 몸 주위로 강풍이 불며 주위를 뒤덮었다.

웅웅.

그러자 독고천이 마주 웃으며 마령검을 치켜세웠다.

한 시진 후, 장로들과 일대제자들이 청성에 도착했을 때는, 두 동강 난 풍진의 시신만이 그들을 반겨 주고 있었다.

*　　*　　*

"하하, 앞으로도 잘 부탁하네."

험상궂은 사내가 껄렁거리며 대문 밖으로 나갔다. 점점 사라지는 사내의 뒷모습을 바라보던 사내가 이를 갈았다.

"수치스럽구나. 조상님들이 이것을 보면 나한테 뭐라고 하실까……."

한탄과 함께 사내가 주먹을 쥐었다.

꽈악.

그러자 언제 왔는지 모를 홍의여인이 사내의 어깨에 손을 올려놓았다.

"걱정하지 말거라."

홍의여인은 다름 아닌, 복마괴검 왕도화였다.

왕도화는 예전에는 천방지축 공동의 문제아였지만, 요즘

은 문파를 위해 솔선수범하며 불철주야 힘쓰고 있었다.

"하지만 본 파가 구파일방에서 쫓겨난 후로 너무 사파 쪽과 교류하고 있습니다, 사저."

"그런 것은 아무런 쓸모가 없다. 결국 강호는 힘 있는 자만을 기억하는 세상이다. 공동이 힘을 잃자 가차없이 버렸지 않느냐. 흑과 백을 논하기에 강호라는 곳은 너무 거칠다. 우리는 살아남아야 한다."

왕도화의 눈에서 흡사 불꽃이라도 흘러나오는 듯 보였다.

사내가 고개를 주억거렸다.

"예, 사저."

그러나 전각으로 들어가는 사내의 뒷모습은 처량하기만 했다.

왕도화가 한숨을 내쉬었다.

분명 공동은 하락세를 타고 있었다.

마교 교주를 없애면서 이름값 좀 올리나 싶었는데, 다른 문파들에게 묻히고 말았다.

또한 전염병으로 인해 고수 대부분이 목숨을 잃었고, 그 와중에 장문인마저 유명을 달리했다.

인재들을 잃은 공동은 급기야는 오 년 전 구파일방에서 쫓겨나는 수모를 겪을 수밖에 없었다.

왕도화가 이를 갈았다.

"모두들 후회하게 해 주겠어."

다음 날, 마혈문에서 일단의 사내들이 공동을 방문했다. 모두들 날카로운 인상을 지닌데다, 검상이 없는 자가 없을 정도였다.

사내들 중 우두머리가 왕도화 앞에 섰다.

"그러니까 공동파에서는 객잔의 소유를 주장하고 있는 것이지 않소?"

"맞아요."

왕도화가 고개를 끄덕였다.

그러자 우두머리가 턱을 쓰다듬으며 고개를 갸웃거렸다.

"물론 그게 공동파의 소유였던 것은 맞소. 하지만 이제 세월이 흘렀지 않나."

갑자기 우두머리가 하대하며 왕도화의 지척에까지 다가갔다.

쓰윽.

왕도화가 화를 삼키며 숨을 골랐다.

그사이 우두머리가 왕도화의 숨결이 느껴질 정도로 가까운 거리까지 다가왔다.

그리고 우두머리의 손이 왕도화의 어깨를 더듬었다.

"그나저나 왕도화라고 했나? 매우 아름답군."

왕도화의 얼굴이 수치심으로 붉어졌다.

일초지적도 안 되는 놈들이었다.

그러나 공동이 다시 크기 위해선 주위의 문파들과 협력을 해야 했다.

그리고 그중 마혈문은 사파이긴 해도 감숙에서 대문파에
속하는 곳 중 하나였다.

우두머리의 손이 천천히 아래로 내려가기 시작했다.

스스슥.

팔과 허리를 거쳐, 우두머리의 손은 왕도화의 엉덩이 쪽
으로 다가가고 있었다.

순간, 왕도화의 검이 번쩍였다.

스릉!

우두머리가 손을 부여잡으며 비명을 내질렀다.

"으아악! 내 손!"

우두머리의 오른손이 바닥에 떨어진 채 시뻘건 피를 흘리
고 있었다.

우두머리는 연신 비명을 질렀고, 그 모습에 뒤에 서 있던
사내들이 왕도화에게 덤벼들었다.

하지만 바로 그때, 왕도화의 검이 허공을 가르며 공동의
비전, 복마검법이 펼쳐졌다.

파파팟.

웅후하고도 정심한 내공이 흘러나오며, 사마외도를 제압
한다는 복마검법이 허공을 꿰뚫었다.

"으아악!"

달려오던 사내들은 모두 피를 토하며 널브러졌다.

왕도화가 차갑게 말했다.

"지금은 단지 비상하기 위해 너희 같은 놈들하고 빌어먹

을 뿐이란 말이다. 감히 공동과 맞먹으려 하다니……."

왕도화의 준엄한 기세에 우두머리가 비틀거리며 일어선 후 욕설을 내뱉더니 도망쳤다.

널브러져 있던 사내들도 급히 우두머리 뒤를 쫓았다.

그 뒷모습을 바라보던 왕도화의 표정이 점차 풀어지더니 깊은 한숨을 내쉬었다.

"……은원이 또 생겼구나."

그렇게 공동은 점점 구렁텅이에 빠져 가는 듯했다.

그러던 어느 날, 우진후라는 청년이 찾아왔다.

우진후라는 청년이 말하길, 금창전장(金昌錢莊)에서 공동에 투자를 하고 싶다 했다.

"그래서 어떤 것을 바라는 거예요?"

왕도화의 날카로운 질문에 우진후가 고개를 단호히 내저었다.

"아무것도 필요하지 않습니다. 단지 공동에 투자를 하고 싶을 뿐입니다."

우진후의 말에 왕도화의 단호했던 눈빛이 흔들렸다.

"그게 정말인가요?"

"예, 저희는 공동이 다시 구파일방에 들어서 저희 전장도 같이 이름값 좀 벌고자 하는 것이지, 공동에게서 무언가를 뜯어내려는 마음은 추호도 없습니다."

왕도화와 우진후의 눈이 마주쳤다.

순간, 준수한 우진후의 콧날이 들어오자 왕도화가 슬쩍 시선을 피했다.

시선을 피한 왕도화의 뺨에서는 붉은 기가 감돌았다.

그에 우진후가 씨익 웃어 보였다.

"잘 생각해 보시고, 저는 내일 다시 찾아오겠습니다."

우진후가 떠나려 하자 왕도화가 급히 팔을 붙잡았다.

덥썩.

하지만 이내 스스로 놀라며 손을 놓았다.

"하, 하겠어요."

"정말이십니까?"

우진후가 기꺼워하며 씨익 웃어 보이자 환한 미소가 드러 냈다.

그러자 왕도화가 슬쩍 시선을 다른 데로 돌렸다. 그렇지만 가슴은 주체할 수 없이 쿵쾅쿵쾅 뛰었다.

'주책이구나.'

왕도화가 이를 악물며 대문 밖으로 나서는 우진후를 배웅 했다.

"그럼 내일 계약서와 함께 찾아뵙겠습니다. 아, 그전에 장로님이나 장문인께서 같이 보러 가시면 어떻겠습니까?"

"그래도 되나요?"

"네. 이번에 공동에 맡기려는 객잔이 세 개 정도 되고, 나머지 푸줏간이라든지 그런 것들은 직접 확인해 보시는 것이 나을 듯합니다. 이 지도에 위치가 나와 있습니다."

우진후가 내민 지도를 받기 위해 왕도화가 손을 뻗었다.

순간, 두 사람의 손끝이 스쳤다.

스윽.

이제 왕도화의 얼굴은 확연하게 붉어지기 시작했다.

그때, 갑자기 우진후가 얼굴을 들이댔다.

왕도화가 헛바람을 들이마셨다.

쪽.

그사이, 우진후가 씨익 웃으며 왕도화의 이마에 살짝 입술을 맞추고는 대문 밖으로 나섰다.

"내일 둘이서만 만나고 싶네요. 장문인과 장로님들은 그곳을 보셔야 하니까 말이죠. 제 말이 무슨 말인지 알죠? 그럼."

점점 멀어져 가는 우진후의 뒷모습을 바라보는 왕도화의 심장이 두근거렸다.

평상시 다른 놈팡이가 이딴 행동을 해 왔다면 당장 목을 따 버렸을 텐데, 무언가 우진후라는 자는 느낌이 달랐다.

순수하면서도 무언가 달콤했다.

'내일이라고 했지…….'

다음 날, 왕도화의 설명을 들은 장문인과 장로들은 기쁜 얼굴로 외출했다.

그리고 왕도화는 평상시에는 입지 않는 백호 무늬가 그려져 있는 홍의를 차려입었다.

홍의가 왕도화의 몸매에 달라붙으며 아름다움을 더욱 돋보이게 해 주었다.

동경을 보며 연분도 발랐다.

차가운 인상을 없애고자 억지로 미소도 지어 보았다.

동경을 쳐다보며 입술을 내밀던 왕도화가 일순 부끄러운 미소를 지었다.

'내가 어떻게 된 거지…….'

그러나 지금의 기분이 싫지만은 않았다.

들뜬 기분이 연신 왕도화의 기운을 북돋워 주고 있었다.

어느새 사십 세에 다가가는 나이.

좋은 놈들은 다른 년들에게 장가를 다 가 버렸고, 자신은 그저 수련만을 하다가 늙어 죽을 것 같았다.

심지어 사문도 어려운 형편이니, 장로 급인 자신이 외부와의 관계를 잘 조율해야만 이 어려운 시기를 버텨 나갈 수 있었다.

하지만 결국 그녀도 여자였다.

외롭고, 고독했고, 힘들었다.

그런데 어느 순간, 봄의 미풍과도 같은 사내가 눈앞에 나타난 것이다.

그 어떤 아녀자가 혹하지 않을 수 있을까.

왕도화는 한껏 차려입고는 조심스럽게 걸음을 옮겨 대문 앞으로 나섰다.

그리고 살짝 대문을 열었다.

끼이익.

저 멀리 백의를 말끔히 차려입은 우진후가 시선에 들어왔다.

왕도화가 급히 대문을 열어젖혔다.

"여기예요!"

왕도화가 손을 흔들며 활짝 웃었다.

동경을 보면서 연습할 때는 그렇게 안 되더니, 역시 우진후를 직접 보니 미소가 잘만 나왔다.

저 멀리서 걸어오는 우진후도 손을 마주 흔들며 이를 내보이더니 씨익 웃어 왔다.

그런데 우진후의 오른쪽 뒤편에서 한 명의 흑의사내가 걸어오고 있었다.

그 사내는 어딘가 낯이 익었다.

흑의사내 뒤로 족히는 오십여 명은 넘을 듯한 적의사내들이 있었다.

순간, 왕도화의 뇌리에 십 년 전 그날이 스쳐 지나갔다.

흑의사내, 독고천과 왕도화의 시선이 허공에서 마주쳤다. 왕도화의 입술이 공포로 질려 부들부들 떨렸다.

"마, 마교 교주……."

"잘 지냈나?"

독고천이 손을 흔들며 씨익 웃었다.

순간, 왕도화는 다리가 힘이 풀려 털썩 바닥에 주저앉았다. 그에 수문 제자들이 의아해하며 왕도화를 부축했다.

"사저, 괜찮으십니까?"

그러나 왕도화의 눈에는 이미 초점이 사라지고 없었다. 갑자기 왕도화가 실실 웃기 시작했다.

문지기들은 당황하며 왕도화를 흔들었다.

실실 웃던 왕도화가 신이 난 듯 말했다.

"봄이 찾아왔구나."

그날, 공동은 멸문(滅門)했다.

*   *   *

강호를 받치는 열 개의 기둥 중 소림, 무당, 화산, 점창, 곤륜, 청성, 그리고 아미가 봉문했다.

소림은 무승들의 여인 겁탈 문제로 문을 걸어 잠갔다.

무당은 다행히 태극검제의 복귀로 천마신교의 암습으로부터 멸문지화는 막을 수 있었다.

무당은 복수를 하고자 천마신교와의 전쟁을 선포했다.

그러나 살인 사건에 대한 조사로 인해 여전히 준비조차 못하고 있는 처지였다.

화산과 곤륜은 천마신교의 급습에 장문인까지 잃고 이를 갈며 봉문하였다.

엄청난 피해를 입어 당장 싸움보다는 숨어서 힘을 키우는 쪽을 선택한 것이다.

사정을 알지 못하는 세인들은 당장 복수를 하지 않고, 숨어서 힘을 키우는 특별한 이유가 있을 거라 추측했다.

청성은 이대제자 전부와 장문인을 잃었다는 소문이 퍼졌다.

모두들 천마신교의 급습이라 생각했지만, 청성은 아무 말도 하지 않은 채 봉문을 택했다.

점창과 아미는 흑검제와의 정당한 비무에서 패배함으로써 봉문하겠다고 강호무림맹에 서신을 보내 왔다.

공동은 아예 멸문지화를 당했다.

그러나 공동파는 오 년 전 구파일방에서 쫓겨난 후 사파쪽과 손을 잡고 있었기에 멸문지화 소식을 듣고도 강호무림맹은 꿈쩍도 하지 않았다.

오히려 배신을 했기에 멸문을 당했다며 고소해하는 사람들도 있을 정도였다.

어찌 됐든 강호무림맹은 이를 갈았다.

당장 천마신교와의 전쟁을 준비해야 하건만, 중원 전역에서 오는 길목마다 천마신교 고수들의 암습을 버텨야만 했다.

겨우 살아서 온다고 쳐도 그 수는 열의 넷도 채 되지 않았다.

특히 남중원의 문파들은 흑검제니 뭐니를 들먹이며 봉문을 했으니, 고수들이 한참 부족한 형국이었다.

심지어 몇몇 문파에서는 왜 군이 천마신교와 전쟁을 해야 하느냐고 들먹일 정도였다.

자신들에게 피해를 준 것도 없는데, 왜 군이 피땀 흘려

키운 제자들을 보내야 하느냐는 항의였다.

예상과 달리 상황이 자꾸 꼬여만 가자 강호무림맹의 맹주 및 장로들은 당황할 수밖에 없었다.

끈끈한 의협이 아닌, 겉치레로 이루어진 강호무림맹의 단점이 그들의 목을 죄어 오고 있었다.

마치 누가 짜 놓은 거미줄에 걸린 것마냥 휘둘리고 있었다.

흑검제와 천마신교.

무언가 연계성이 있는 듯한데, 그것을 밝혀 내지 못하고 있었다.

결국 강호무림맹은 슬그머니 꼬리를 내리며 천마신교와의 전쟁을 뒤로 미루었다.

시간이 흐를수록 강호무림맹에 대한 세인들의 신뢰는 떨어져만 갔다.

*   *   *

천마신교의 수뇌부는 그저 멍하니 입을 벌린 채 박수를 칠 수밖에 없었다.

태상교주는 복귀하자마자 연공실에 들어가서 나올 생각을 하지 않았다.

그러나 태상교주가 강호에 남긴 발자취는 거대하고도 위대했다.

그 역대 어떤 교주도 해내지 못한 것을 거의 홀로 해낸 것이다.

정파와의 전쟁은커녕 적재적소에 암습을 함으로써 피해마저 전무했다.

강호무림맹의 약점을 잘 짚어내 문파들 간의 협조마저 무너뜨렸다.

심지어 구파일방의 대부분을 건드려 놓고도 천마신교로서는 아무 원성도 사지 않았다.

그러나 태상교주라는 직위는 비밀에 가까웠기에 대놓고 알려지지는 않았다.

하지만 결국 소문이 돌고 돌아, 천마신교의 고수들의 귀에도 그 소식이 들어갔다.

천마신교의 고수들은 환호성을 내질렀으며, 드디어 시원스럽게 일을 터뜨린 수뇌부에 대해 연신 칭찬했다.

천마신교의 사기는 하늘로 치솟고 있었다.

*　　*　　*

연공실에 처박혀서 연신 운공을 하던 독고천이 눈을 번쩍 떴다.

이제 자신의 복수는 끝이 났다.

다행히 일이 잘 풀려서 은원을 끝맺을 수 있었다. 물론 삼 년 후 어떤 일이 벌어질지는 모르지만, 그에 맞춰서 대

응하면 될 뿐이었다.

마도인에게 전쟁은 오히려 필수적인 요소일 뿐이었다.

천마신교의 고수들도 몸이 근질거려 전쟁을 원하는 분위기였다.

단지 강호무림맹 측에서 상황을 보고 슬그머니 발을 뺐을 뿐이다.

이렇듯 모든 일을 깔끔하고도 완벽하게 처리한 독고천의 표정은 의외로 지극히 어두웠다.

연공실에서 멍하니 가부좌를 틀고 있던 독고천이 품속에서 무언가를 꺼내 들었다.

무위경이었다.

아련한 눈빛으로 비급을 내려다보던 독고천이 땅이 꺼져라 깊은 한숨을 내쉬었다.

"하아."

한숨을 내쉬던 독고천이 비급들을 다시 품 안에 갈무리하더니 벌떡 일어섰다.

콰앙!

연공실 문이 거칠게 열리자 문지기들이 놀라며 안을 들여다보았다.

순간, 독고천의 신형이 엄청난 속도로 쏘아져 나갔다.

"태, 태상교주님!"

문지기들의 처절한 외침이 울려 퍼졌다.

멀리 사라져 가는 독고천의 뒷모습을 바라보던 문지기들

이 입을 벌린 채 서로를 쳐다보았다.

그들의 눈에는 절망감이 흘렀다.

"……내총관님에게 죽었다."

第七章

당문독녀(唐門獨女)

등에 검집을 멘 청의사내가 싱글벙글 웃으며 다가왔다.

그에 문 앞에서 지키고 서 있던 문지기들이 병장기를 뽑으며 거칠게 말했다.

"멈추시오."

청의사내가 제자리에 멈춰 섰다.

순순히 따르는 청의사내의 모습에 문지기들이 씨익 웃으며 입을 열었다.

"누구시오?"

철컥.

순간, 청의사내가 검을 검집에 집어넣었다.

동시에 문지기들의 머리가 땅에 떨어졌다.

철푸덕.

머리를 잃은 목에서는 피분수가 뿜어져 나왔다.

청의사내가 씨익 웃었다.

"이런 사람이라네."

청의사내가 가볍게 대문을 밀고 들어섰다.

갑작스런 침입자의 등장에 장내에 있던 흑의사내들이 병장기를 뽑아 들었다.

흑의사내들의 옷에는 뱀 문양이 새겨져 있었다.

그것으로 보아 사마련(邪魔聯)의 고수들이 확실했다.

사마련은 엄청난 고수들을 보유하고 거대한 규모를 지녔지만, 항상 천마신교 그림자에 가려져 있는 불운한 문파였다.

"누구냐!"

"정체를 밝히지 못할까!"

사마련 무사들이 병장기로 위협을 가하자 청의사내의 얼굴에서 미소가 사라졌다.

청의사내가 싸늘하게 말했다.

"난 말이야, 누가 나한테 검을 들이대는 게 싫단 말이지."

순간, 청의사내가 귀찮다는 듯 검을 휘둘렀다.

휙휙.

그러자 사마련 무사들의 검이 반 토막이 났다.

청의사내의 감히 범접할 수 없을 만큼 고강한 무위에 사마련 무사들이 경악하고 있는 사이, 청의사내가 검을 집어넣었다.

그 순간, 사마련 무사들의 가슴팍이 갈라지더니 피가 뿜어져 나왔다.

취아아.

사마련 무사들이 힘없이 앞으로 고꾸라졌다.

철푸덕.

청의사내는 쓰러진 이들을 질끈 밟고는 흥얼거렸다.

"흠흠, 기분이 좋군."

청의사내가 멀뚱히 주위를 두리번거렸다.

어느새 건물 안에서 몰려나온 이들이 살기를 내뿜으며 청의사내를 둘러쌌다.

미소를 머금은 채 주위를 둘러보던 청의사내가 인상을 찌푸렸다.

"기분이 좋지 않아."

"죽어라!"

동료의 주검을 살핀 사마련 무사들이 신형이 청의사내에게 쏘아졌다.

팟!

인상을 찌푸리고 있던 청의사내가 이를 갈았다.

"정말로 기분이 좋지 않아."

당장에라도 청의사내의 몸이 검에 의해 꿰뚫릴 것만 같았다.

순간, 청의사내의 신형이 흐릿해졌다.

사마련 무사들의 검이 허공을 갈랐다.

어느새 청의사내는 저 멀리 떨어진 바위에 서 있었다.

그의 표정은 악귀와도 같이 일그러져 있었다.

청의사내가 등에서 검을 뽑았다.

스릉.

날카로운 검명과 함께 청의사내의 검에서 푸른 기운이 넘실거리기 시작했다.

그 모습에 사마련 무사들이 경악했다.

청의사내의 신형이 흐릿해지더니, 어느 순간 사마련 무사들 앞에 다다라 있었다.

청의사내의 악귀와도 같은 얼굴이 더욱 찌푸려졌다.

"죽어."

청의사내가 검을 거칠게 휘둘렀다.

후웅.

세 명의 머리가 동시에 떨어지고, 피분수가 뿜어져 나오며 청의사내의 옷을 적셨다.

그제야 청의사내의 표정이 살짝 풀어졌다.

하지만 그에 만족하지 않고 청의사내가 미친 듯 검을 휘둘렀다. 그럼에도 일검조차 받아 내는 이가 없었다.

"으아악!"

사마련 무사들이 피를 토하며 한 명씩 쓰러졌다.

그럴수록 검을 휘두르고 있는 청의사내의 표정이 한층 밝아졌다.

한순간, 청의사내가 검을 땅으로 내리찍었다.

콰앙!

굉음과 함께 먼지가 자욱이 피어올랐다.

먼지가 걷히자 피 떡이 된 사마련 무사들의 시신이 여기저기 널브러져 있었다.

그 모습에 청의사내가 만족한 듯 흥얼거렸다.

"한층 기분이 좋군."

순간, 허공에서 거칠고 낮은 음성이 울려 퍼졌다.

"넌 누구냐!"

청의사내가 슬쩍 뒤를 돌아보았다.

그곳에는 청의를 깔끔하게 차려입은 중년인이 다가오고 있었다.

왼쪽 눈에서부터 오른쪽 뺨까지 길게 그어진 검상은 중년인의 인상을 한층 날카롭게 해 주었다.

바로 사마련주, 전노춘이었다.

극성에 이른 피골면장(皮骨免掌)은 극악무도한 마공으로 유명했다.

맞으면 표피가 썩어서 벗겨지고, 뼈마저 녹아 버릴 만큼 무서운 장공이었다.

청의사내와 전노춘의 시선이 허공에서 얽혔다. 순간, 전노춘의 몸이 절로 떨렸다.

공포감이 전노춘의 온몸을 엄습한 것이다.

'내가 두려움을 느끼고 있다는 건가?'

전노춘이 어처구니없는지 청의사내를 노려보았다. 그러거나 말거나 청의사내가 흥얼거리며 걸어오고 있었다.

전노춘이 저도 모르게 뒤로 한 걸음을 물러섰다.

그러나 이내 수하들의 시선을 깨닫고는, 이를 악물며 정신을 차렸다.

"네놈은 누구냐!"

전노춘의 사자후에 흥얼거리던 청의사내가 인상을 찌푸렸다.

"내 앞에서 소리를 지르지 마라."

전노춘이 어처구니없다는 듯 혀를 찼다.

'뭐, 이런 애송이 같은 놈이……'

순간, 청의사내의 몸에서 엄청난 살기가 뿜어져 나왔다.

뒤에 서 있던 사마련 무사들은 물론이고, 전노춘 자신조차 내상을 입을 정도였다.

그때, 전노춘의 뇌리에 무언가가 스쳐 지나갔다.

청의를 입고 등에 검을 짊어지고 다니며, 미쳐 보이는 말투와 행동거지, 그리고 가공할 무위.

"마동진……?"

전노춘의 중얼거림에 마동진이 흥미롭다는 듯 눈을 동그랗게 떴다.

"어라? 날 아나?"

마동진이 싱글벙글거렸다.

"날 알다니, 그럼 편하겠네. 부탁이 하나 있는데 말이지……"

전노춘이 인상을 찌푸리며 마동진을 바라보았다. 그에 마동진이 씨익 웃으며 말을 이었다.

"……사마련을 가지고 싶다."

*   *   *

어둡고 시큼한 냄새가 풍기는 통로.

통로 끝에 이르자 닫혀 있는 철문이 보였다.

독고천은 품속에서 꺼낸 옥빛 열쇠를 철문의 구멍에 박아넣었다.

끼이익.

철문이 열리자 내부의 모습이 한눈에 들어왔다.

단상과 널브러진 상자.

그리고 하나의 땅굴.

조용히 동굴을 살펴보던 독고천이 확신에 가득 찬 표정으로 고개를 주억거렸다.

'지귀 놈이 아니다. 내가 처음 무위경이라는 것을 재촉했을 당시, 살짝 멈칫거렸지. 그 말인즉. 무위경이라는 것을 모른다는 뜻이다. 단지 나를 함정으로 빠뜨리기 위해 머리를 굴린 것이겠지.'

독고천은 바닥을 살폈다.

그러고는 이내 땅굴 안으로 들어갔다.

시큼한 냄새가 물씬 풍겨 왔다.

자세히 땅굴을 살펴보니 손으로 파거나 기구로 판 흔적이 아니었다.

바로 어떤 액체로 땅을 녹여서 땅굴을 만든 것이었다.

시큼한 냄새가 물씬 풍기는 것과 무언가 녹아서 땅굴 입구 주위가 허옇게 변한 것만 보아도 알 수 있었다.

순간, 독물로 유명한 문파가 독고천의 뇌리에 스쳐 지나갔다.

사천당문(四川唐門)!

*   *   *

오늘따라 하늘이 맑았다.

별들이 반짝였고, 심지어 별똥별이 떨어지는 것도 보였다.

그 가운데 밤하늘을 바라보는 당선예의 눈이 맑게 빛나고 있었다.

밤공기가 차가워지자 당선예는 몸을 부르르 떨었다.

"추워졌네. 들어가야겠다."

당선예는 마지막으로 한 번 더 밤하늘을 바라보고는 아쉬운 듯 뒤로 돌아서려 했다.

"어라……?"

순간, 눈꺼풀이 무거워지며 눈이 절로 감겼다. 그리고 누군가에게 업히는 듯한 기분이 들었다.

당선예는 정신을 잃었다.

*　　*　　*

당선예가 신음을 흘리며 눈을 떴다.

눈을 뜨고 나서 침대에 누워 있다는 것을 깨닫고는 벌떡 일어섰다.

'음.'

그러나 말이 나오질 않았다.

당선예가 급히 혈맥을 짚었다.

아니나 다를까.

어디서 들어왔는지 모를 타인의 내력이 혈맥을 꽉 막고 있었다.

당선예가 급히 운공을 했다.

그런데 아무리 힘을 주어도 당최 타인의 내력을 밀어 낼 수가 없었다.

운공을 멈춘 당선예가 몸을 일으켰다.

주위를 둘러보니 객잔 내의 방 같았다.

순간, 고개를 두리번거리던 당선예의 몸이 얼음처럼 굳어지고 말았다.

웬 흑의를 입고 있는 사내가 방 안의 앉아 있었기 때문이다.

"일어났나."

난데없는 사내의 물음에 당선예의 눈동자가 흔들렸다.

순간, 주위의 공기가 흔들리는 듯하더니 흑의사내, 독고천이 입을 열었다.

"이제 말을 할 수 있다."

"당신은 누구죠?"

당선예가 날카롭게 물으며 문 쪽으로 슬금슬금 다가갔다.

그 누가 사천당문의 흉험한 경비를 이렇게도 쉽게 뚫을 수가 있단 말인가.

그 경비를 뚫고 자신을 납치한 이상 상대는 보통의 무위를 지닌 자가 아닐 것이 분명했다.

눈치 없이 소리를 지른다면 오히려 살인멸구당할 우려가 있었다.

문 쪽으로 다가가는 당선예를 지켜보던 독고천이 피식 웃었다.

"도망가지 못할 텐데."

당선예가 문고리를 잡음과 동시에 독고천의 몸에서 살기가 폭사되었다.

"허억!"

독고천의 기세에 놀란 당선예의 무릎이 후들거리더니, 이내 바닥에 주저앉고 말았다.

당선예가 숨을 거칠게 몰아쉬었다.

그러자 독고천이 씨익 웃었다.

"당선예. 나이는 스물셋. 뛰어난 머리로 당문세가의 기대를 한 몸에 받고 있는 천고의 기재. 맞나?"

숨을 가다듬던 당선예가 경악하며 독고천에게 소리쳤다.

"당신은 누구죠? 절 납치한 이유가 뭐예요!"

"납치는 무슨. 도움을 구하는 거다."

도움이라는 말에 당선예의 표정이 그나마 누그러졌다.

자세히 살펴보니 특별한 살의도 느껴지지 않았고, 무엇보다 생채기 하나 없었다.

그로 보아 자신을 해칠 생각은 없어 보였다.

"그 도움이 뭔데요?"

당선예가 날카롭게 묻자 독고천이 그제야 만족한 미소를 지으며 입을 열었다.

"한 가지 조사를 해 주었으면 좋겠는데 말이야."

"어떤 조사요?"

"독물을 사용하여 땅굴을 팔 수 있나?"

독고천의 뜬금없는 질문에 당선예가 잠시 생각하는 듯하더니 고개를 주억거렸다.

"네, 할 수 있어요."

"허연 물질 같은 것이 생기고 매우 시큼한 냄새가 나는데, 뭔지 알겠나?"

당선예가 잠시 고민하는 듯 눈썹을 위아래로 까닥였다.

그것은 당선예의 오랜 버릇이었다.

항상 무언가를 깊이 생각할 때면 당선예는 눈썹을 까닥이곤 했던 것이다.

그렇게 한참을 생각하던 당선예가 고개를 내저었다.

"시큼하다는 것이 너무 광범위해요."

"잘 표현을 하지 못하겠군."

독고천의 말에 당선예가 몸을 벌떡 일으켰다.

"그럼 가 보죠."

"어디로?"

독고천이 묻자 당선예가 당당히 외치듯 말했다.

"그 땅굴로요. 그래야 알죠."

"지금?"

독고천의 말에 당선예가 혀를 찼다.

"급한 거 아니에요?"

"그건 그렇지만, 나도 그쪽을 그나마 배려해서 새벽에는 최대한 움직이지 않으려……."

하지만 당선예는 단호히 고개를 내저었다.

"아뇨. 이거 해 주고 나면 풀어 줄 거죠?"

"그래."

독고천이 고개를 끄덕이자 당선예가 그럼 됐다는 듯 손사래를 쳤다.

"이름이 뭐예요?"

"독고천이다."

독고천이란 말에 당선예의 눈이 살짝 흔들렸다.

보통 후폭풍을 우려해서라도 이름을 말하지 않는 것이 납치범들의 행동이었다.

그런데 눈앞의 이상한 납치범은 얼굴도 드러내고 있었고, 이름 또한 쉽사리 밝혔다.

가명을 댔을 수도 있지만, 지금까지의 행동으로 보아 본명일 가능성이 컸다.

'독특한 납치범이네…….'

속으로 중얼거리며 고개를 갸웃거리던 당선예가 문을 박찼다.

"빨리 가죠."

＊　　＊　　＊

동굴을 지나가는 내내 당선예는 탄성을 내지르며 천장을 툭툭 쳤다.

우수수.

흙이 떨어졌다.

"음, 이 정도로 약하면 쓸 수 있는 독물의 종류가 광범위해지는데."

입구에 도착하자 독고천이 옥빛 열쇠로 철문을 열었다.

끼이익.

당선예가 망설임없이 철문 안으로 들어섰다.

그리고 이리저리 두리번거리더니, 곧 뚫려 있는 땅굴을 살폈다.

땅굴을 살피는 당선예의 표정은 활발했던 조금 전과는 달리 매우 진지해 보였다.

당선예의 눈은 진중했고, 움직임은 매우 조심스러워했다.

그 모습을 지켜보던 독고천이 고개를 주억거렸다.

'괜히 천고의 기재라 불리는 것이 아니군.'

때로는 땅굴을 쓰다듬기도 하고, 돌로 툭툭 건드리기도 했으며, 혀로 맛을 보기도 했다.

그렇게 두 시진 이상을 훑어보던 당선예가 몸을 일으켰다.

독고천이 기대가 담긴 음성으로 물었다.

"알겠나?"

"아니요. 전혀."

당선예가 단호히 고개를 내저었다.

그러자 독고천의 얼굴이 눈에 띄게 풀이 죽었다. 그러나 그것도 잠시. 독고천이 슬쩍 검병에 손을 가져다댔다.

이제 필요가 없어졌으니 쓸모없는 분쟁을 피하기 위해서는 증거 인멸을 하는 것이 맞았다.

살려 보내면 당문으로 돌아가 분명 복수를 하겠다고 난리를 칠 것이 빤했다.

그순간, 당선예가 손뼉을 쳤다.

짝!

"맞다!"

검병으로 다가가던 독고천의 손이 급히 제자리로 돌아갔다.

당선예가 갑자기 땅굴을 만지작거리며 눈을 빛냈다.

"알아낼 만한 방법이 있어요."

"그게 뭐지?"

당선예의 승부욕은 지독했다.

모르는 것이 생기면 알 때까지 매달리는 것이 바로 당선예의 성격이었다.

"제가 가지고 다니는 서적이 있어요. 당선예서(唐善芮書)라고 이름을 지었죠."

당선예가 진지한 태도로 말을 이어 나갔다.

"그것은 당문의 비법들을 대충 적어 놓은 책이에요. 거기다 제 의견도 추가해 놓았지요. 그러니 책에 나와 있는 독물들을 하나씩 찾다 보면 나올 거예요. 이런 조건을 가진 독물은 몇 가지 안 되니까 금방 찾을걸요? 특히 땅굴을 팔 정도로 많은 양의 독물을 가진 사람은 드물어요. 수소문하면 그 독물을 이만큼 사 간 사람을 알 수 있을 거예요. 물론 독물의 정체를 먼저 밝혀야죠."

당선예의 말에 독고천이 고개를 끄덕였다.

처음에는 못 미더워 보였는데, 하는 행동거지를 보아하니 매우 신중해 보였다.

심지어 땅굴을 바라보는 당선예의 모습은 감탄을 자아낼 정도로 빛이 흘러나왔다.

"그럼 그동안 세가로 돌아가지 못할 텐데, 괜찮겠나?"

억지로 시킨다면 오히려 속여 먹을 수도 있으니 슬쩍 당선예를 떠보는 독고천이었다.

하지만 당선예는 전혀 신경 쓰지 않는다는 듯 대충 답하며 땅굴을 계속 쳐다보고 있었다.

그러던 당선예가 갑자기 독고천을 뚫어지게 쳐다보며 물었다.

"어차피 찾기 전에는 보내 주지 않을 거 아닌가요?"

내심이 들키자 독고천은 뭐라 대답하지 못한 채 당선예를 담담히 바라보았다.

그러자 당선예가 그럴 줄 알았다는 듯 말을 이어 나갔다.

"이십 년 넘게 당문에 갇혀 있었어요. 타의에 의해서든 어찌 됐든 지금의 조사는 저에게도 좋은 경험이 될 거예요. 그러니 협력하도록 하죠. 대신 모든 일이 끝난 후 무사히 돌려보내 주겠다고 약속하세요."

당돌한 당선예의 모습에 내심 탄성을 내지른 독고천이 고개를 주억거렸다.

그러자 당선예의 딱딱했던 표정이 살짝 누그러지더니, 이내 땅굴을 살피며 돌아다녔다.

때로는 탄성을 내질렀고, 때로는 한숨을 토했다.

독고천은 그러한 당선예를 재미있다는 듯 지켜보았다.

'독특한 꼬맹이군.'

*　　*　　*

당선예가 바위에 기댄 채 서적을 읽으며 중얼거렸다.

"우선 적화란이 그 독물의 재료와 비슷한 꽃이에요. 적화란은 마침 귀주 쪽에 자주 피니까 귀주로 가는 게 맞아요."

가부좌를 튼 채 눈을 감고 있던 독고천이 눈을 뜨며 몸을 일으켰다.

"적화란?"

"네. 적화란은 꽃잎이 붉고 줄기가 푸른빛을 띠고 있는 꽃이에요. 그러나 독성이 매우 강해서 독약의 성분으로 많이 쓰여요. 그리고 그 땅굴에서 맡은 시큼한 냄새와 비슷하다고 알려져 있고요."

독고천이 고개를 끄덕이고는 귀주 쪽으로 방향을 잡았다.

당선예의 경신술은 형편없었다.

독고천이 억지로 껴안고 데려가려 했지만, 만약 그렇게 하면 독약은 꿈도 꾸지 말라는 말에 칼을 뽑을 뻔했다.

그놈의 무위경이 독고천의 피를 말리고 있는 탓이었다.

더 이상 무위경에 대한 단서를 놓치고 싶지 않았다.

처음에는 몰랐는데, 비마대에서 온 정보를 살펴보니 당선예만큼의 인재가 없다고 했다.

심지어 당문세가의 가주조차 당선예의 조언을 들을 정도라 했다.

즉, 당선예가 찾지 못하면 당문세가의 그 누구도 독약의 정체를 알아낼 수 없다는 말이었다.

또한 당문세가에 그런 인재가 없다면, 다른 문파에도 없을 확률이 컸다.

그런 집념이 당선예의 막무가내 행동을 버티게 해 주는 버팀목이었다.

당선예가 독고천 뒤를 쫓아오면서 연신 서적을 뒤적였다.

독고천은 그 모습에 혀를 내둘렀다.

꼬맹이라고만 생각했는데, 독에 관련된 이야기를 할 때마다 깊은 지식을 보여 주었고, 집중력은 독고천마저 놀랄 정도였다.

서적을 읽을 때는 아무리 말을 걸어도 대꾸조차 안 할 정도였다.

* * *

조용히 붉은 꽃을 노려보던 당선예가 고개를 끄덕였다.

"음……."

"그건가?"

뒤에 서 있던 독고천이 재촉하듯 묻자 당선예가 벌떡 일어섰다.

"아니네요. 광서로 가야겠어요."

힘 있게 걸어가는 당선예을 멍하니 지켜보던 독고천이 한숨을 내쉬며 뒤쫓았다.

그런데 당선예가 갑자기 걸음을 멈추었다.

독고천이 슬쩍 앞을 바라보자 적의를 입은 사내들이 킬킬거리며 웃고 있었다.

사내들의 손에 들린 검이 번쩍였다.

"이봐, 아가씨. 어디를 그리 급히 가나?"

적의사내 중 우두머리로 보이는 자가 킬킬거리며 이죽거
렸다.

당선예가 슬쩍 독고천을 바라보았다.

그러자 우두머리가 독고천을 위아래로 흘겨보더니 피식
웃었다.

"지금 저런 놈을 믿는……"

순간, 독고천이 우두머리 앞에 서 있었다.

우두머리의 눈이 경악으로 물들었다.

"어, 어느……"

철컥.

우두머리사내가 말을 끝맺기도 전에 독고천은 당선예의
옆으로 돌아와 있었다.

적의사내들이 눈을 동그랗게 뜬 채 멍하니 서 있는 우두
머리를 바라보았다.

"사형?"

적의사내 중 오른편에 서 있던 사내가 우두머리를 쓰윽
건드렸다.

철푸덕.

그 순간, 우두머리의 머리가 떨어졌다.

그리고 목에서 피분수가 터지더니, 머리를 잃은 몸이 힘

없이 뒤로 널브러졌다.

적의사내들이 놀라며 신음을 터뜨렸다.

"이, 이게 도대체……."

당선예도 놀랐는지 눈을 동그랗게 떴다.

독고천이 나직이 중얼거리듯 말했다.

"꺼져라."

"히익."

적의사내들은 헛바람을 삼키더니, 급히 우두머리의 시신을 끌고 도망쳤다.

그러자 당선예의 눈에서 흡사 빛이라도 뿜어져 나오는 듯 반짝거렸다.

독고천이 짜증난다는 듯 달싹였다.

"뭐냐?"

"방금 아저씨가 한 거 맞죠?"

당선예의 물음에 독고천이 고개를 까닥였다. 그러자 당선예의 눈이 한층 더 빛났다.

"가르쳐 줘요."

묵묵부답.

"가르쳐 달라고요!"

째액째액.

당선예의 외침에 놀란 새들이 울어대는 소리만이 숲 속에 울려 퍼졌다.

"왜 무공을 가르쳐 달라는 거냐?"

잠시 머뭇거리던 당선예가 씨익 웃었다.

"그냥 멋있잖아요. 그래서 무공을 배우고 싶었어요. 그러니까 가르쳐 줘요."

당선예의 말에 독고천이 단호히 고개를 내저었다.

"무공은 너 같은 꼬맹이가 심심풀이로 배우는 장난질이 아니다."

독고천의 날카로운 대답에 갑자기 당선예의 표정이 급속도록 어두워졌다.

당선예가 살짝 머뭇거리더니 입을 열었다.

"사실 제가 태어날 때 아버지가 돌아가셨어요. 그래서 할아버지가 절 키워 주셨죠. 한데 할아버지는 제가 무공을 배우는 걸 원치 않았어요. 아버지가 비무에 패해 돌아가셨기 때문이죠. 결국 무공을 익히면 강한 자에 의해서 죽는 것이 강호인의 운명이래요."

당선예의 얼굴에서 슬픔이 드러났다.

그러나 곧바로 슬픔이 지워지며 당선예가 씨익 웃었다.

누가 봐도 억지로 웃는 미소였다.

독고천은 조용히 당선예를 바라보았다.

그러자 당선예의 얼굴이 살짝 붉어지며 고개를 휙 돌리며 투덜거렸다.

"……뭐예요? 왜 사람을 뚫어져라 쳐다봐요? 민망하게……. 여튼 무공 가르쳐 줘요."

당선예가 다른 곳을 쳐다보며 말하자 독고천이 피식 웃었다.

"그런데 이런 식으로 가면 십 년이 걸려도 못 찾겠군."

갑자기 독고천이 당선예를 들쳐 멨다. 당선예의 얼굴이 새빨개지며 바둥거렸다.

"내려놔요!"

독고천이 당선예의 혈도를 짚었다.

팟.

그러자 당선예가 입을 닫았다. 그러나 여전히 팔다리를 바둥거렸다.

그에 독고천이 당선예의 마혈마저 짚었다.

이내 당선예의 몸이 축 처지며, 연신 눈동자만 굴릴 뿐이었다.

그렇게 독고천이 신형을 날리려는 찰나,

"멈추시오."

말끔하게 생긴 외모의 백의청년이 제지를 하고 나섰다.

머리에는 푸른 영웅건을 맸고, 허리춤에는 고풍스러운 검집이 매달려 있었다.

명문문파의 자제인 듯 보였다.

그러나 독고천은 신경 쓰지 않는다는 듯 무심히 검을 휘둘렀다.

까앙!

순간, 백의청년의 검이 독고천의 공격을 막아 냈다.

그러는 한편, 백의청년이 공중으로 부웅 떠올랐다가 다시 내려왔는데, 입에서는 피가 흐르고 있었다.

"이게 무슨 짓이오! 다짜고짜 공격이라니!"

백의청년이 이를 악물며 외쳤다.

독고천의 눈동자가 살짝 흔들렸다.

대충 휘두른 것이긴 하지만 가공할 수법이 담겨있는 일검이었다.

그런데 이십대를 겨우 넘어 보이는 약관의 청년이 자신의 일검을 막아 낸 것이었다.

독고천이 재차 검을 휘둘렀다.

까앙!

백의청년이 다시금 독고천의 검을 막았다.

그러나 검날이 상하는 것과 동시에 백의청년이 재차 피를 토했다.

그러나 그 외에는 멀쩡했다.

검을 받아친 백의청년이 피를 닦아 내며 화를 냈다.

"무뢰한이로군!"

독고천의 눈동자가 심히 흔들렸다.

"넌 누구냐?"

독고천의 물음에 백의청년이 얼굴을 붉히며 소리쳤다.

"본인은 백수룡이라 하오! 그럼 이렇게 무례하게 검을 휘두르는 당신은 누구요!"

독고천은 멍하니 백수룡이라 자신을 밝힌 청년을 쳐다보았다.

약관이 막 넘은 듯 보였으나, 검술은 절대로 나이에 맞는 수준이 아니었다.

자신이 아는 자들 중에서 손가락에 꼽힐 정도라고 생각되었다.

물론 자신이 마음먹고 검을 휘두르면 십초지적도 안 될테지만, 나이에 비하면 엄청난 성취를 이루고 있던 것이다.

순간, 독고천은 흥미가 동했다.

"문파가 어디냐?"

"문파는 없소. 이십 년 전, 스승님에게 간단한 가르침을 받은 후 홀로 수련하던 중 막 하산하는 길이었소."

"스승이 누구냐?"

젊어 보이는 독고천이 스승에 대해 함부로 말하자 백수룡이 울컥했다.

"감히 스승님을 모욕하지 마시오!"

"아아, 알았으니까. 자네 스승님의 성함이 무엇인가."

독고천이 손을 휘저으며 묻자 백수룡이 화를 가라앉히며 답했다.

"성은 탁 씨에 경 자, 도 자를 쓰시오."

순간, 독고천의 눈동자가 심하게 흔들렸다. 잠시 멍하니 있던 독고천이 믿기지 않는다는 듯 되물었다.

"……뭐라고?"

"탁경도란 분이 나의 스승님이시오."

독고천이 잠시 침음을 삼켰다. 잠시 백수룡의 위아래를 훑어보던 독고천이 재차 물었다.

"어떻게 생기셨나?"

"그냥 노인분이시오. 단지 오래전에 가르침을 받았을 뿐이라 정식 스승님은 아니오. 하지만 본인의 마음속에서는 언제나 스승님으로 모시고 있소."

"자세히 말해 보게."

어느새 독고천의 말투는 한층 너그러워져 있었다.

"약 이십 년 전이오. 산속을 헤매다 산적에게 죽을 뻔했는데, 어떤 노인이 나를 구해 주었소. 그리고 그것이 스승님과의 첫 만남이오. 비록 많은 가르침은 받지 못했지만, 스승님이 천마신교의 고수셨다는 것과 스승님의 주인을 찾고 있다고 하셨소. 그리고 성품에 감탄하여 스스로 스승님으로 모신 것이오. 물론 그 후로 항상 스승님을 그리워했소."

말하는 백수룡의 눈가는 어느새 촉촉이 젖어 있었다.

시기도 맞고 백수룡이 말한 이야기들과 모든 사실이 일치했다.

독고천이 저도 모르게 손을 떨었다.

자신의 스승님이 남기신 유일한 존재가 바로 눈앞에 서 있었다.

독고천 역시 항상 탁경도를 그리워해 왔다.

하지만 어느새 체취조차 잊어버린 스승님이었는데, 그 분신이 눈앞에 서 있는 것 같았다.

독고천이 치솟는 그리움을 짓누르며 천천히 입을 열었다.

"무슨 가르침을 받았나?"

"별것 없소. 그냥 무인으로서의 마음가짐과 간단한 심법을 전수받았을 뿐이오."

심법이라는 말에 독고천이 갑자기 백수룡에게 달려들더니 손목을 낚아챘다.

두근두근.

백수룡이 놀라 뿌리치려 했지만, 살의도 느껴지지 않고 독고천의 완강한 힘 때문에 포기했다.

거기다 아까 보여 주었던 검술과 신법은 자신과는 차원이 다른 고수임을 말하고 있었다.

백수룡의 혈맥을 살펴보던 독고천이 속으로 침음을 삼켰다.

'혈마심법이다……'

그러나 혈마심법 위로 무언가가 덮여 있듯 가려져 있었다.

변형된 혈마심법이었다.

본래 혈마심법은 익히면서부터 자연스럽게 붉은 마기가 흘러나오는 것이 정상이었다.

하지만 백수룡의 몸에서는 마기가 흘러나오지 않았다.

'이놈을 위해 혈마심법을 변형시키셨구나.'

역시였다.

자신의 스승은 이미 만들어진 심법의 길을 바꿀 정도로 뛰어난, 하나의 대종사(大宗師)와도 같은 분이셨던 것이다.

백수룡의 손목을 놓은 독고천이 멍하니 쳐다보았다.

그러자 백수룡이 자신의 얼굴을 쓰다듬었다.

"무엇이라도 묻었소? 아니, 그나저나 그 소저를 어떻게 하려는 것이오!"

백수룡이 정신을 차린 듯 호기 있게 외치자 독고천이 들쳐 메고 있던 당선예를 내려놓았다.

당선예는 막혀 있던 혈도가 풀리는 것을 느끼고 몸을 이리저리 움직였다.

이미 업힌 채 모든 상황을 파악한 상태였다.

아마 저 백수 머시기라는 청년은 이 아저씨와 사형제지간(師兄弟之間)인 듯싶었다.

아저씨가 청년의 스승의 이름을 들었을 때, 몸이 뜨거워졌다.

즉, 그 이름에 대해 반응을 했다는 소리였다.

그리고 이 아저씨는 스승에 관해서는 끔벅 죽는 사람 같았다.

청년이 스승의 이름을 언급하자 말투가 누그러졌음이 확연하게 느껴졌다.

결국 이 백수 머시기라는 청년을 잘 이용하면 아저씨에게서 무공을 배울 수도 있을 것 같았다.

머리를 굴린 당선예가 정중히 포권했다.

"당선예라고 해요."

"백수룡이오."

백수룡이 정중하게 포권하자 당선예가 고개를 내저으며 정중히 입을 열었다.

"이 아저씨는 저를 납치하려는 것이 아니에요. 단지 동행하는 분이죠."

"아, 그렇소?"

백수룡이 난처한 듯 뒤통수를 긁었다. 그러고는 정중히 독고천에게 포권을 했다.

"오해해서 미안하오."

그러나 독고천은 상념에 빠진 듯 대꾸하지 않은 채 멍하니 다른 곳을 보고 있었다.

'스승님이 유일하게 남기고 가신 것이 이런 것이라니……'

독고천이 백수룡을 쳐다보았다.

백수룡의 맑은 눈빛이 독고천의 눈에 들어왔다.

아무래도 혈마심법을 정공에 가깝게 변형시킨 것 같았다.

백수룡의 몸에서는 연신 정심한 기운이 물씬 풍겨 왔던 것이다.

"하산하는 중이라고 했나?"

"그렇소."

백수룡이 고개를 끄덕이며 답하자 독고천이 잠시 고민하는 듯하더니 천천히 물었다.

"특별히 가고자 하는 곳은 있나?"

"따로 없소. 강호초출이기 때문에 이곳저곳 돌아볼 계획이오."

독고천이 침음을 삼켰다.

문득 스승님이 남기신 눈앞의 녀석을 데려가고 싶었다.

나이에 비해 뛰어난 무공이지만, 이런 고지식한 행동을 볼 때 언젠간 사고를 칠 것 같았다.

그렇다면 결국 누군가의 칼에 맞아 죽게 될 확률이 높았다.

눈앞의 녀석이 죽는 것이야 상관없었지만, 그러면 스승님과의 연결 고리마저 사라지는 것이었다.

자신에게 믿음과 신뢰를 주었던 스승님이기에 더욱 미련이 남을 수밖에 없었다.

잠시 조용히 침묵을 지키던 독고천이 슬쩍 당선예를 쳐다보았다.

그러자 당선예가 무심히 고개를 끄덕였다.

"전 괜찮아요."

당선예가 마음을 읽은 듯 고개를 끄덕이자 독고천이 한숨을 내쉬며 백수룡을 쳐다보았다.

이런 것에 익숙지 않은 독고천이었기에 민망한 듯 헛기침을 했다.

"흠흠, 우리와 동행하겠나?"

그러자 백수룡이 고개를 갸웃거렸다.

"동행 말이오?"

"그래."

독고천이 고개를 끄덕이자 백수룡이 고민에 잠겼다.

강호초출이었기에 동행자가 있으면 자신에게는 아무래도 좋았고, 또한 아름다운 아가씨도 옆에 있으니 나쁘지 않을 거라는 생각이었다.

당선예를 슬쩍 흘겨본 백수룡이 고개를 끄덕이며 답했다.

"좋소."

백수룡이 고개를 끄덕이자 당선예의 눈이 빛났고, 독고천은 난처한 듯 침음을 삼켰다.

'스승님이 남겨 주신 이놈, 한 번 끌고는 가 보겠습니다만……'

숲 속의 새들이 독고천의 마음을 대변하듯 연신 지저귀었다.

짹짹.

*　　*　　*

광서 합산의 정상에 도착한 당선예가 이마의 땀을 닦았다.

그러면서도 당선예의 눈은 당최 서적에서 떨어질 줄을 몰랐다.

"여기에 추기초(秋氣草)라는 것이 자라요. 옅은 갈색을 띠고 있는 풀이죠. 극악의 독성을 지니고 있으니 조심하셔야 해요."

수풀을 뒤적이던 독고천이 당선예을 불렀다.

당선예가 수풀 사이에 있는 풀을 보고는 고개를 끄덕였다.

"네, 맞아요. 추기초네요. 그런데 이것도 아니에요. 냄새가 달라요."

당선예가 단호히 고개를 내저었다.

그러자 독고천이 괜찮다는 듯 자신을 다독이며 입을 열었다.

"다음은 어디지?"

"호남이에요."

당선예의 말에 조용히 주위를 두리번거리던 백수룡이 무심히 물었다.

"그런데 무엇을 찾는 것이오?"

"몰라도 돼요."

당선예가 날카롭게 말하자 백수룡이 머쓱한 듯 헛기침을 했다.

날카롭게 답한 당선예는 주위의 수풀을 뒤지며 무언가를 찾았다.

독고천도 별말 해 주지 않았기에, 백수룡은 궁금증을 혼자 삭여야 했다.

백수룡은 생각했던 강호초출과는 달리 의협을 표출할 수 있을 만한 일이 일어나지 않자 실망하며 주위를 돌아다녔다.

그러던 중 무언가 발견한 백수룡이 조심스럽게 다가갔다.

척 보아도 의심스런 복면인들이 북적거리고 있는 것이 보였다.

백수룡이 검을 뽑아 들며 소리쳤다.

"다들 멈추시오!"

복면인들의 시선이 백수룡에게 꽂혔다.

복면인들의 몸에서는 자색 마기가 흘러나오고 있었다.

백수룡의 신형이 복면인들에게 쏘아져 나갔다.

복면인들 지척에 다다른 백수룡이 호기롭게 외쳤다.

"지금 무엇들 하시는 것이오! 만약 나쁜 짓을 도모하는 것이라면 조용히 사라지는 것이 신상에 좋을 것이오!"

복면인들이 어처구니가 없는지 서로를 쳐다보더니 병장기를 뽑았다.

스릉.

복면인들이 병장기를 들었지만, 백수룡은 오히려 당당하게 가슴을 폈다.

그러나 그 순간 독고천이 나타나더니, 점혈과 동시에 백수룡의 뒷덜미를 잡아챘다.

그리고 복면인들에게 손짓을 했다.

"아아, 하던 일들 마저 하게나."

독고천은 이를 갈았다.

사실 복면인들의 기운은 합산에 들어서자마자 느끼고 있었다.

이 근처에 광서 분타가 있으니, 어떤 임무를 수행하고 있는 듯싶었다.

애써 복면인들과 멀리 떨어진 곳으로 당선예와 백수룡을 인도했다.

하지만 백수룡의 능력이 빌어먹을 정도로 뛰어나서 복면인들의 위치를 파악하고 만 것이다.

독고천이 백수룡을 질질 끌고 가자 복면인들 중 우두머리가 기가 찬 듯 웃었다.

"하, 지금 뭐 하는 건가?"

임무 수행을 충실히 행하는 자신의 수하들을 직접 팰 수도 없는 노릇이라 독고천은 애써 미소를 지으며 뒤로 물러섰다.

그러나 복면인들의 우두머리는 그게 아닌 듯 날카롭게 외쳤다.

"도망갈 수 있을 것 같나?"

그러자 독고천이 무언가 생각난 듯 품속을 뒤적이더니 명패를 들었다.

"자, 이것을 보게."

순간, 구름 모양의 명패가 모습을 드러냈다.

그러자 복면인들이 고개를 갸웃거리며 명패를 훑었다.

그러나 이해를 하지 못한 듯 복면인들이 독고천을 멀뚱히 쳐다보았다.

'이런 떠그랄.'

아무래도 태상교주라는 직위 자체가 만들어진 지 얼마 되지 않아 광서 분타까지는 아직 알려지지 않은 모양이었다.

독고천이 복면인들의 우두머리에게 전음을 날렸다.

[난 태상교주네. 이곳에 할 일이 있으니 온 것이야. 돌아들 가게.]

복면인들의 우두머리가 순간 흠칫했지만, 곧 이죽거렸다.

"그딴 직위는 들어 보지도 못했다. 감히 우리가 천마신교의 소속임을 알고서도 우롱하다니! 쳐라!"

우두머리의 외침에 복면인들의 신형이 독고천에게 쏘아져 나갔다.

독고천이 잡고 있던 백수룡을 뒤로 던지며 검을 뽑아 들었다.

그리고 독고천의 검병이 복면인들의 목을 때렸다.

파파팟.

눈 깜짝할 새에 복면인들은 혈도를 짚인 채 바닥에 널브러졌다.

우두머리의 눈이 경악으로 물들었다.

"이, 이게 도대체……."

"이봐, 내가 아까 얘기했다시피……."

순간, 우두머리가 물고 있던 독약을 깨물었다.

꽈직.

우두머리의 입에서 피가 흘러나왔다.

하지만 전혀 개의치 않는 듯 우두머리가 씨익 웃었다.

"……아무것도 알아내지 못할 것이다."

그 말을 끝으로 우두머리의 몸이 뒤로 쓰러졌다. 우두머리의 자결에 독고천이 어이가 없다는 듯 멍하니 서 있었다.

독고천이 차갑게 식어 가는 우두머리의 시신을 내려다보다가 한숨을 내쉬었다.

'이런 미친놈을 보았나.'

우두머리는 아마 수하들이 모두 죽은 줄 알고 자결을 선택한 것 같았다.

독고천이 짜증난다는 듯 엎어져 있던 복면인의 혈도를 풀었다.

순간, 복면인의 입에서 피가 흘러나왔다.

복면인 역시 씨익 웃었다.

"……아무것도 알아내지 못할 것이다."

독고천은 열이 치솟아 이번에는 옆에 널브러진 복면인의 몸을 일으켰다.

그러고는 자결하지 못하도록 적당히 혈도를 짚었다.

[난 본 교의 태상교주라니까. 사정상 이곳에 있는 것이네. 걱정 말고 분타로 돌아가서 나를 보았다는 보고를 하면 아무 문제 없을 거야. 태상교주 독고천이라고 보고하게.]

복면인이 뭐라 웅얼거리는 듯 바동거렸다.

그러자 독고천이 말할 수 있도록 입가의 혈도를 풀어 주었다.

순간, 복면인이 독약을 깨물려 하기에 독고천이 급히 막았다.

그러나 이미 늦은 듯 복면인이 입에서는 피가 흘러나왔
다.

이번에도 역시 복면인이 씨익 웃으며 쓰러졌다.

'이런 멍청한 놈들⋯⋯.'

독고천이 짜증이 나는지 벌떡 일어섰다.

어차피 점혈이라는 것은 시간이 지나면 저절로 풀렸다.

그렇기에 복면인들을 내버려 두고 백수룡을 들쳐 멨다.

툭.

순간, 백수룡의 품속에서 무언가 떨어졌다.

독고천이 주워 들고는 살펴보았다.

백룡(白龍).

새하얀 명패였는데, 백룡이라는 필체가 시원스럽게 적혀
있었다.

독고천은 대수롭지 생각 않게 생각하며 명패를 백수룡의
품속에 집어넣어 주었다.

터덜터덜 숲 속을 걸어가던 독고천이 혀를 찼다.

'충성심이 높은 것은 좋지만, 이럴 때는 정말 고지식한
것이 짜증나는군.'

그러나 내심 수하들이 보여 준 충성심에 입가에 미소가
새겨지는 독고천이었다.

'뭐, 알아서 잘 전하겠지.'

독고천이 고개를 설레설레 내젓고는 당선예에게로 다가갔다.

　마침 당선예는 진지한 눈빛으로 수풀을 뒤적이며 서적에 무언가를 써 내려가고 있었다.

　"이봐, 다음 목적지로 가도록 하지."

　독고천이 불렀지만 당선예는 아무 대답 없이 서적과 수풀을 번갈아 쳐다볼 뿐이었다.

　"이봐."

　"네?"

　독고천이 네 번 정도 부르자 그제야 눈치챘다는 듯 당선예가 고개를 돌렸다.

　그러나 얼굴에는 짜증난다는 기색이 역력했다.

　독고천이 무심히 입을 열었다.

　"호남으로 가도록 하지."

　"아, 이것만 마저 적고요. 이런 꽃은 난생처음 보는 것이에요. 또한 독이 어느 정도 함유되어 있고, 또 독특한 향을 뿜어내고 있어요. 몇 번 맡아 봤는데……."

　당선예의 입이 좀처럼 다물어질 생각을 안 하자 독고천이 손을 내저었다.

　"끝나면 말해 주게."

　그 말을 기다렸다는 듯 당선예가 바로 서적으로 시선을 돌렸다.

　독고천이 내심 입맛을 다셨다.

'나도 한창 무공을 익힐 때 이랬나?'

과거를 회상하던 독고천이 슬쩍 뒤를 돌아보았다. 백수룡이 엎어진 채 눈을 굴리고 있었다.

독고천이 허공을 격하며 점혈을 풀어 주었다.

그러자 백수룡이 벌떡 몸을 일으키더니 놀란 눈으로 독고천을 쳐다보았다.

"대협, 어디서 그런 무공을 익히셨습니까?"

독고천은 슬쩍 백수룡을 보고는 아무 대꾸도 하지 않았다.

그러나 백수룡의 눈에서는 경외의 빛이 쏟아져 나오고 있었다.

모름지기 무공을 익히는 무림인에게 강자란 경외의 대상이었다.

힘을 가진 자가 정의가 되는 것은 강호의 세계에서는 당연한 법칙이었다.

그것이 바로 강호였다.

특히 강호초출인 백수룡에게 강자의 의미는 남달랐다.

우연찮게 탁경도에게 심법을 익히고, 홀로 무공을 익히다가 백룡문에 입문하였다. 그리고 경험을 얻기 위해서 하산을 한 것이었다.

그런데 자신과는 상대도 되지 않을 상대를 눈앞에서 보게 된 것이었다.

나름 검에 대해 자부심이 생긴 차였는데, 눈앞의 사내의 일 검, 일 검을 받았을 적에 천외천(天外天)이라는 것을 느꼈다.

도저히 넘을 수 없는 벽으로 느껴졌다.

하지만 그럴수록 백수룡의 가슴팍에서는 호승심이라는 것이 무럭무럭 자라났다.

"대협."

백수룡이 부르자 독고천이 슬쩍 쳐다보았다.

백수룡이 조심스럽게 물었다.

"존성대명을 알 수 있겠습니까?"

"독고천이다."

백수룡이 고개를 주억거리며 독고천의 이름을 되새겼다.

'독고천, 독고천……'

第八章
첩첩산중(疊疊山中)

천마신교 광서 분타주 해광유는 오늘도 다름없이 서류 뭉치에 매달려 있었다.

"분타주님!"

"들어와라."

해광유의 말에 문이 벌컥 열리더니 수하 한 명이 들어서며 부복했다.

"분타주님."

"무슨 일이냐?"

해광유가 서류를 훑어보며 심드렁하게 대꾸하자 수하가 흥분하며 답했다.

"모두 당했습니다!"

"무슨 소리야? 너 내가 전에 말했지, 앞뒤 끊어 먹지 말라고."

해광유가 인상을 찌푸리자 그제야 수하가 심호흡을 했다. 그리고 평상심을 찾은 듯 천천히 입을 열었다.

"본산으로부터 내려온 기밀 작전을 수행하던 분타원들이 실종되었습니다."

"뭐라고?"

해광유가 놀라 자리에서 벌떡 일어섰다.

중대한 문제였다.

본산에서 직접 내려온 명령이었는데, 그것을 제시간에 수행하지 못한다면 엄청난 질책을 받을 것이 빤했다.

"이런 젠장, 생존자도 없더냐?"

"우선 분타원을 파견하였으니, 오후 중으로 연락이 올 것입니다."

수하의 말에 해광유가 한숨을 내쉬며 의자에 털썩 주저앉았다.

"아니, 어떤 미친놈이 감히 본 교의 행사를 방해한단 말인가……."

가뜩이나 서류 뭉치들 때문에 머리가 지끈지끈 아프던 해광유였다.

한숨을 푹푹 내쉬던 해광유가 손을 내저었다.

"알았네. 가 보게."

"존명."

수하가 나가자, 해광유가 창문을 흘겨보았다. 아직도 해가 중천에 떠 있었다.

"에휴, 이러려고 무공을 열심히 익힌 게 아닌데 말이지……."

엄청난 무공을 익혀서 강호를 질타하고 싶던 계획과는 달리, 광서 촌구석에 처박힌 채 서류 뭉치에나 파묻혀 있는 자신의 처지가 새삼 처량하게 느껴졌다.

얼른 출세를 해서 본산에 입성하고 싶은데, 그것이 생각만큼 쉽지 않았다.

해광유가 한마디를 내뱉고는 이내 서류로 눈을 돌렸다.

"건수 하나만 잡혀라……."

* * *

분타원의 보고를 멍하니 듣고 있던 해광유가 갑자기 눈을 빛냈다.

"……그러니까 분타원들이 모두 몰살당했단 말인가?"

"예. 의복은 모두 벗겨져 있고, 시신은 심각하게 훼손되어 있었습니다. 엄청난 고수를 만난 듯 조장 및 몇 명은 독단을 깨물었습니다."

조용히 듣고 있던 해광유가 고개를 갸웃거렸다.

"아니, 그런데 왜 옷을 다 벗긴 거지?"

"시위 아니겠습니까? 본 교의 행사를 직접 막고 또다시 나설 경우에 홀라당 벗겨 먹을 거라는 의미가 아니겠습니까?"

그 말에 해광유가 과연 일리가 간다는 듯 고개를 주억거렸다.

그 순간, 해광유의 눈이 번쩍였다.

'건수로구나.'

조용히 생각을 정리하던 해광유가 힘차게 외쳤다.

"당장 본산에 연락해라!"

"뭐라고 말씀이십니까?"

분타원의 물음에 해광유가 잠시 머리를 굴리더니 힘 있게 명령했다.

"본 교의 기밀 행사를 눈치채고 그것을 방해하려는 세력이 나타났다고 알려라!"

"하, 하지만 아직 확실하지 않은……."

해광유가 찌릿거리며 노려보자 분타원이 마른침을 삼켰다.

"아, 알겠습니다."

"최대한 빨리 움직여!"

해광유가 재촉하자 분타원이 고개를 조아리고 급히 몸을 일으켰다.

"존명."

홀로 남겨진 해광유가 만족한 듯 턱을 쓰다듬었다.

'보아하니 녹림도들과 시비를 붙은 것 같은데 말이지. 하지만 이것을 부풀려서 본산으로부터 고수를 받는 거지. 그러고는……. 후후후.'

해광유가 능글맞게 웃었다.

'본산으로 갈 날이 멀지 않았다.'

*   *   *

소면을 먹고 있던 독고천은 귀가 따가울 지경이었다.

백수룡과 당선예는 짝짜꿍이 맞는지 연신 독고천에게 무공을 가르쳐 달라며 조르고 있었다.

그러다 울컥할 때쯤이면 다들 닥치고는 음식만 먹다가, 다시 때가 되면 조르는 형국이었다.

그러나 독고천이 한 번만 더 무공에 대해서 언급하면 목을 베어 버린다고 하자 두 사람 모두 경악하여 입을 다문 상태였다.

독고천도 성급한 자신의 말에 살짝 후회는 했지만, 주위가 조용해지자 만족한 채 소면을 후르륵 먹고 있었다.

백수룡은 여전히 정심한 눈빛을 빛내며 만두를 집어먹었다.

만두를 먹을 때도 자세가 곧은 것을 보아 명가의 교육을 받은 듯싶었다.

'그런데 하산했다라……'

무언가 숨겨진 내력이 있는 듯싶었다.

당선예는 왼손에는 붓을 들고, 오른손에는 젓가락을 든 채 소채를 집어먹으며 무언가를 쓰고 있었다.

독고천이 고개를 설레설레 내저었다.

그런데 건너편 탁자에 앉아 있는 두 명의 홍의여인이 계속 이쪽을 힐끗거렸다.

잠시 후 홍의 여인들이 자리에서 일어서더니 독고천 일행이 있는 탁자로 다가왔다.

홍의여인 중 허리춤에 검을 매고 있는 여인이 정중히 포권했다.

"점창의 이자희예요."

그러자 옆에 서 있던 여인도 포권을 취했다.

"점창의 소홍련이에요."

소홍련이라 자신을 밝힌 여인은 연신 백수룡을 힐끗거렸다.

아무래도 백수룡이 마음에 들어서 찾아온 듯싶었다.

독고천은 귀찮다는 듯 고개를 까닥였고, 당선예는 여전히 서적에서 눈도 떼지 않았다.

그런 반응에 백수룡이 당황하더니 곧바로 표정을 가다듬고는 정중히 포권했다.

"반갑소. 백수룡이라 하오. 이쪽은 독고천 대협, 이쪽은 당선예 소저라 하오."

독고천과 당선예의 무관심한 반응에 두 여인의 표정이 살짝 굳었다.

점창이 어디인가.

구파일방 중 수좌를 차지하고 있으며, 검객의 우상 중 하나가 바로 점창이 아니던가.

비록 봉문한 상태라고는 하지만, 아직까지 점창의 힘이 온연한 상태에서 이런 대우는 처음이었다.

그러나 대놓고 표를 낼 수도 없었기에 애써 미소를 지었다.

이자희가 정중히 말해 왔다.

"다름이 아니라, 무림인인 듯싶어서 이렇게 무례를 무릅쓰고 찾아왔어요."

"아, 그러시오?"

보통 객잔 내에서 무림인들끼리 합석을 청하는 경우가 많았다.

아무래도 서로의 정체가 궁금하기도 하고, 적인지 아닌지 판단하기 위해 합석을 요청하는 경우도 있었다.

흔한 일인데다 탁경도에게 이러한 강호의 생리를 들은 적이 있기에 강호초출인 백수룡도 당연하게 받아들였다.

"앉으시…… 아!"

백수룡이 순간 뜨끔하며 독고천을 쳐다보았다. 그러나 독고천은 관심 없다는 듯 여전히 무심한 표정을 짓고 있었다.

"독고 대협, 이분들을 합석시켜도……."

"경험이나 쌓으라고 내보냈을 텐데, 아주 잘하는 짓이군."

독고천이 무심한 표정으로 이죽거리자 이자희가 울컥했다.

그러나 그때, 소홍련이 이자희의 손을 굳게 잡았다.

나서지 말라는 의미였다.

이자희가 한숨을 내쉬었다. 사실 소홍련은 매우 소심한 성격이었다.

그리하여 마음에 드는 사내가 있어도 마음을 표현하지 못하는 일이 부지기수였다.

그런데 오늘따라 처음으로 마음에 드는 사내에게 말을 걸어 보고 싶다고 나선 것이었다.

막상 가까이 와 보니 정말 훤칠하게 잘생긴 사내가 앉아 있었다.

또한 정중한 태도로 보아 명가의 제자인 것이 분명해 보였다.

그런데 웬 불청객이 벌레 씹은 표정으로 앉아 있으니, 이자희가 울컥할 만도 했다.

그러나 상급자로 보이는 자에게 찍혀서는 소홍련과 백수룡을 이어 줄 수 없었다.

이자희가 애써 웃음을 지었다.

"예, 맞아요. 그래서 스승님이 저를 많이 혼내셨죠. 하지만 이것도 하나의 경험이 될 거라 생각하고 있어요."

"얼굴도 두껍군."

독고천의 이죽거림에도 이자희는 미소를 잃지 않았다.

그리고 넉살좋게 다른 탁자에서 의자를 두 개 가져오더니 각각 앉았다.

그러면서 일부러 소홍련을 백수룡과 가장 가까운 곳에 앉게 했다.

의자에 앉은 소홍련의 얼굴이 붉어졌다.

백수룡도 소홍련이 마음에 드는 듯 연신 힐긋거렸다.

홀로 남은 이자희가 독고천을 바라보았다.

당선예는 서적에서 눈을 당최 떼질 않으니, 남은 사람은 독고천뿐이었다.

독고천은 심드렁한 표정으로 남은 소면을 먹고 있었다.

이자희가 입을 열었다.

"대협은 검을 익히셨나 봐요?"

독고천이 고개를 까닥였다.

그와 동시에 이자희의 이마에 핏줄 하나가 새겨졌다.

그러나 다시 애써 미소를 지었다.

"저도 점창에서 검을 익히고 있어요. 검이란 것이 얼마나 매력적인지 매일매일 휘둘러도 항상 새로운 것 있죠?"

"검이 그쪽을 싫어하겠군."

독고천의 중얼거림에 이자희가 고개를 갸웃거리며 되물었다.

"무슨 소리죠?"

"매일 휘둘러도 새롭다는 의미가 무엇인지 아나? 그건 바로 똑같이 휘둘러야 하는 검로를 항상 틀리게 운용한다는 것이지. 그러니 원치 않는 길로 흐르자 검도 그쪽을 싫어하겠지."

독고천의 설명에 이자희가 고개를 내저으며 단호히 말했다.

"아뇨, 그게 아니죠. 검로는 그저 참고일 뿐이에요. 결국 형식을 벗어나는 것이 검술의 궁극 아닌가요? 그러니 항상 새롭게 느껴진다는 것은 검로에서 조금씩 벗어나고 있다는 의미죠."

그 말에 독고천이 피식 웃었다.

그러자 이자희가 울컥하며 따지듯 물었다.

"왜요? 제가 틀렸나요?"

"걷지도 못하면서 날려고 하다니……."

독고천의 이죽거림에 이자희가 더 이상 참지 못하겠다는 듯 몸을 벌떡 일으켰다.

서로 얼굴을 붉힌 채 속삭이던 백수룡과 소홍련이 깜짝 놀라며 뒤로 물러섰다.

그러거나 말거나 이자희가 거칠게 말했다.

"점창의 제이십팔대 제자 이자희가 그쪽에게 비무를 청합니다."

독고천이 무심한 표정으로 쳐다보자 이자희가 이를 갈았다.

"당신의 말은 점창의 검을 모욕한 거나 다름없어요. 당장 나와요. 점창의 검을 보여 드리죠."

이자희가 씩씩거리며 밖으로 나섰다. 독고천이 피식 웃더니 그 뒤를 쫓았다.

백수룡과 소홍련은 당황하며 밖으로 나섰다.

당선예는 한 번 고개를 들어 주위를 바라보더니, 이내 내젓고는 서적에 시선을 돌렸다.

객잔 밖의 공터로 걸어 나간 이자희가 검을 뽑았다.

"검을 뽑아요!"

이자희가 날카롭게 외치자 독고천이 천천히 검을 뽑았다.

스릉.

청명한 검명이 울려 퍼지자 씩씩거리던 이자희의 얼굴이 갑자기 변했다.

분명 상대방의 자세는 엉망이었다.

검만 들고 있을 뿐이지, 그냥 서 있는 것과 다름없었다.

그러나 빈틈이 없었다.

아니, 모든 곳이 빈틈이었지만 꺼림칙한 기분이 연신 이자희의 몸을 옭아매었다.

그러나 이미 엎어진 물.

새삼 각오를 다진 이자희가 외쳤다.

"초식명은 얘기하지 않기로 해요. 긴장감이 떨어지니까요. 먼저 들어가겠어요!"

본래 비무를 할 때는 초식명을 외치며 서로의 초식을 견식하는 것이다.

그러나 초식명을 외치지 않겠다는 것은 대결을 하겠다는 의미와 비슷했다.

독고천이 신경 쓰지 않는다는 듯 고개를 까닥이자 이자희의 신형이 뛰어올랐다.

순간, 이자희의 검이 기묘한 궤도로 돌더니, 독고천의 허리춤을 찔러 왔다.

독고천이 슬쩍 뒤로 한 걸음 물러서자 이자희의 검이 허공을 베었다.

이자희가 곧바로 풍차같이 돌며 위로 뛰어올랐다.

그리고 검으로 독고천의 이마를 내려찍어 왔다.

독고천이 슬쩍 검을 위로 올렸다.

까앙!

강한 반동과 함께 이자희가 뒤로 튕겨 나갔다.

'크윽, 이게 뭐야……!'

이자희가 자신의 손을 만지작거렸다.

분명 공격을 한 것은 자신이었는데 손이 찌릿찌릿했다.

상대는 그저 슬쩍 검을 들어 올렸을 뿐인데, 강한 반동에 뒤로 튕겨져 나온 것이다.

이를 악문 이자희가 다시 덤벼들었다.

파파팟.

어연 오십 초가 넘어갔지만 독고천의 옷자락조차 스치지 못하는 상황.

이자희의 이마에서는 연신 식은땀이 흘렀고, 등짝은 땀으로 흠뻑 젖었다.

"하아하아."

이자희가 거친 숨을 몰아쉬었다.

그러자 독고천이 피식 웃었다.

"내가 알고 있는 점창의 검객과 버릇이 매우 흡사하군."

독고천의 말에 숨을 헐떡이던 이자희가 의아한 듯 물었다.

"누구 말이에요?"

"장춘이라 했던가."

순간, 이자희의 얼굴에 경악의 빛이 흘렀다.

이자희, 그녀 자신의 사부이자 점창의 장로가 바로 장춘이었다.

"제 사, 사부님을 아시나 봐요?"

어느새 이자희의 말투가 공손해져 있었다.

눈앞의 사내가 자신의 사부와 관계가 있다면, 이것은 정말 큰 죄였던 것이다.

최악의 경우, 사부와 눈앞의 사내가 친우라면, 사부에게 직접 모욕을 준 것이나 다름없을 정도였다.

"한 번 검을 섞어 보았지."

독고천의 나직한 말에 이자희가 움찔거리며 더욱 공손해졌다.

"친우분이신가요?"

스스로 말을 해 놓고도 이자희는 고개를 내저었다.

나이로 볼 때 사부와 눈앞의 사내는 적어도 삼십 년 이상은 차이 나 보였다.

"친분이 있으신가요?"

이자희가 되묻자 독고천이 잠시 생각하는 듯하더니 고개
를 끄덕였다.

"친분이 있다고 하면 있는 것이겠지."

이자희의 표정이 일그러졌다.

'똥 밟았다.'

"하하, 독고 대협. 가르침을 내려 주셔서 정말 감사드려
요."

갑자기 이자희가 웃으며 정중히 포권을 하더니, 급히 검
을 집어넣었다.

그러자 독고천이 피식 웃었다.

"점창의 검을 보여 주기로 하지 않았나?"

이자희의 얼굴이 붉게 변하며 고개를 푹 숙였다.

순간, 비무를 지켜보던 소홍련의 뇌리 속을 어떤 기억이
스쳐지나갔다.

사내의 얼굴이 익숙하다 했더니, 바로 그때 장문인과 대
결을 펼친 그 사내였다.

소홍련이 놀라며 외치듯 말했다.

"쾌, 쾌검낭인!"

쾌검낭인이라는 말에 고개를 푹 숙이고 있던 이자희가 경
악하며 외쳤다.

"흑검제!"

그러고는 곧바로 고개를 주억거렸다.

눈앞의 사내가 흑검제라면 말이 되었다.

자신은 그때 그 자리에 없었지만, 분명 흑검제라는 자가 점창을 봉문시키게 한 인물이라 했다.

심지어 장문인조차 무너졌다고 하지 않았던가.

흑검제라는 말에 독고천이 무심히 물었다.

"봉문을 한다고 했는데, 왜 점창의 제자들이 아직까지 돌아다니는 거지?"

독고천의 말에는 뼈가 담겨 있었다.

분명 봉문을 하기로 장문인과 약조를 했는데, 점창의 구역이 아닌 광서에서 왜 돌아다니느냐는 말이었다.

이자희가 당황하며 변명했다.

"장문인의 명을 받고 어떤 문파로 중요한 서신을 나르는 중이에요."

"전서구는?"

독고천의 질문에 이자희가 식은땀을 흘렸다.

"중요한 서신이라 직접 전달해야 한다고 하여 이렇게 나왔어요."

이자희의 말을 듣고 있던 독고천이 고개를 주억거리더니 물었다.

"종일사는 잘 지내나?"

이자희는 장문인의 이름을 함부로 부르는 탓에 순간 울컥할 뻔했다.

하지만 곧바로 상대가 누구인지 다시 상기하고는 화를 가라앉혔다.

"장문인은 잘 지내세요."

"그래, 약조 잘 지키라고 전해 주게."

독고천의 말에 이자희의 손이 살짝 흔들렸지만, 곧 떨림이 멎었다.

"네, 대협."

그 말을 끝으로 이자희는 소홍련의 손을 부여잡고 도망치듯 객잔을 떠났다.

소홍련과 백수룡은 애처로운 눈빛으로 서로를 바라보았지만, 결국 그렇게 떨어지고 말았다.

백수룡은 상심했는지 크게 한숨을 내쉬었다.

어느새 밖으로 나온 당선예가 피식 웃으며 중얼거렸다.

"어린애들도 아니고. 첫눈에 반하다니⋯⋯."

그 말에 울컥한 백수룡이 당선예를 노려보았다.

그러자 당선예가 어깨를 들썩였다.

"맞잖아요. 어린애들이나 겉모습에 혹해서 반하는 거죠."

백수룡은 이를 갈았지만, 딱히 반박할 말이 떠오르지 않아 침음을 삼켰다.

그러자 당선예가 걱정 말라는 듯 손을 내저었다.

"어차피 여자는 거기서 거기예요."

당선예의 말에 독고천이 피식 웃었다.

"전문가인가?"

"전문가는 아니고, 그냥 살다 보니까 절로 알게 되었네요."

당선예가 입술을 내밀며 다른 곳으로 고개를 휙 돌렸다.

그러고는 얼른 재촉하듯 말해 왔다.

"얼른 호남으로 가죠."

당선예가 앞장서자 독고천이 피식 웃으며 뒤를 쫓았고, 그 뒤로는 풀이 죽은 백수룡이 터벅터벅 걸어갔다.

오늘따라 태양이 뜨거웠다.

*　　*　　*

평상시라면 탁자에 발을 올려놓고 의자에 앉은 채 서류 뭉치와 씨름하고 있어야 했다.

그러나 지금, 해광유는 부복해 있었다.

그것도 아주 정중하게 말이다.

그 앞에는 두 명의 흑의사내가 서 있었다.

한 명은 눈가에 흉터가 있었고, 다른 한 명은 매우 날카로운 인상을 지니고 있었다.

그들의 몸에서는 자색 마기가 지독하게 뿜어져 나오고 있었다.

흉터사내가 턱을 쓰다듬으며 고개를 끄덕였다.

"분명 고수의 실력이야. 그런데 애송이 두 놈하고 같이 다니고 있군. 발자국을 보아하니 현장에서는 한 놈하고 같이 있었어. 그리고 나머지 한 놈과 다른 곳에서 만난 후 호남 쪽으로 발걸음을 옮겼다. 그러나 이놈의 발자국은 당최 보이질 않아. 마치 전문 살수 교육을 받은 놈 같군."

그러자 옆의 흑의사내가 고개를 주억거렸다.

"감히 본 교의 행사를 방해하는 간 큰 놈이 아직도 있을 줄이야. 태상교주님께서 직접 그놈의 공동파도 처리하셨는데, 그 공포감을 벌써 잊은 건가."

그러자 흉터사내가 히죽였다.

"암암, 태상교주님의 무위는 존경할 만하지. 직접 공동파를 밀어 버리실 줄이야. 역대 그 어떤 교주님도 이루지 못한 엄청난 업적이 아닌가."

사내들의 대화를 듣고 있던 해광유가 고개를 갸웃거렸다.

"태상교주라는 직위가 생겼습니까?"

해광유의 질문에 흉터사내가 살기를 내뿜었다.

"감히 태상교주님을 함부로 언급하다니, 죽고 싶은 것이냐."

엄청난 살기에 해광유가 연신 고개를 내저으며 식은땀을 흘렸다.

"아, 아닙니다. 절대로 아닙니다. 전 그저…… 태상교주님이라는 직위가 언제 생긴 건지 궁금해서……."

해광유가 벌벌 떨자 날카로운 인상의 사내가 이해한다는 듯 흉터사내를 저지했다.

"이런 촌구석에 박혀 있으면 모를 수도 있지. 하여튼 태상교주님은 교주님보다 존귀하신 분이네. 비록 이름도 모르고 생김새도 모르지만, 아마 본 교 안에서 조용히 수련하고

계시던 분이라고 모두 추측하고 있다네. 교주님이 직접 나
서서 태상교주님을 추앙하실 정도니 말일세. 태상교주님은
아마 적어도 백 세는 넘으셨을 걸세."

부복해 있던 해광유가 연신 고개를 끄덕였다.

"절대적인 무위를 지니신 태상교주님이 본 교를 지켜 주
시는 이상 아무런 문제가 없을 것입니다, 대인."

해광유의 말에 그제야 화가 풀린 듯 흉터사내의 표정이
누그러졌다.

흉터사내가 품속에서 서신을 한 장 꺼내더니 해광유에게
건넸다.

"이건 우리 조사한 것을 옮겨 놓은 것이니, 총타에 보고
할 때 이걸 사용하도록 해라."

해광유가 조심스럽게 서신을 품 안에 갈무리하며 고개를
끄덕였다.

"존명."

고개를 끄덕이던 해광유가 조심스럽게 물었다.

"그럼 언제 출발하실 예정입니까?"

"지금 당장."

순간, 흑의사내들의 신형이 사라졌다.

부복해 있던 해광유가 인상을 찌푸리며 속으로 중얼거렸
다.

'이런 무식한 놈. 내가 태상교주인지 뭔지가 생겼는지 안
생겼는지 어떻게 알아? 교주님조차 한 번도 못 본 마당에…….

이런 젠장.'

혼자 투덜거리던 해광유가 벌떡 일어서더니, 의자에 앉고
는 히죽 웃었다.

'이제 본산에 말만 잘하면……. 하하!'

*   *   *

숲 속을 걸어가던 독고천은 순간 움찔했다.

인기척을 감추었지만 독고천은 느낄 수 있었다. 정확히
두 명의 살수가 뒤를 쫓아오고 있었다.

급히 쫓아오다 보니 제대로 인기척을 지우지 못했고, 놀
랍게도 살수에게서는 지독한 마기가 흘러나오는 듯했다.

'살수에게서 마기가 흘러나올 리가 없는데 말이지. 살수
가 아니군. 수하 놈들인가?'

그러나 백수룡과 당선예는 아직 눈치채지 못한 듯 태연하
게 길을 가고 있었다.

"먼저 가고 있게."

말을 남기고 독고천이 모습을 감추었다.

당선예는 서적에 시선을 고정한 채 신경도 쓰지 않았고,
백수룡은 독고천의 뛰어난 경신술에 혀를 내둘렀다.

독고천을 쫓던 흑의사내들이 순간 경악했다.

분명 앞에 있었는데, 어느 순간 독고천이 모습을 감춘 것
이다.

[어디로 갔지?]

눈가에 흉터가 있는 흑의사내가 전음을 날리자 인상이 날카로운 흑의사내가 고개를 내저었다.

[그러게. 어디로 사라졌지?]

그때, 뒤에서 무심한 소리가 들려왔다.

"날 찾나?"

어느새 점혈당했는지 흑의사내들의 몸이 굳어졌다.

독고천이 흉터사내를 툭툭 쳤다.

"이런 지독한 마기를 흘리는 것을 보면 수하 놈이 확실한데……. 천마신교에서 왔냐?"

흉터사내가 이를 갈았다.

다행히 아혈(牙穴)은 막히지 않았는지 말을 할 수 있었다.

"네놈은 누구냐!"

흉터사내가 거칠게 묻자 독고천이 한숨을 내쉬었다.

"천마신교에서 왔느냐고 묻잖나."

독고천의 질문에 흉터사내가 슬쩍 옆에 있던 날카로운 인상의 사내와 눈이 마주쳤다.

그리고 서로 마음이 통했는지 살짝 고개를 까닥였다.

그 모습을 본 독고천이 깊은 한숨을 내쉬었다.

"내가 본 교의 태상교주다. 그러니 걱정하지 말고 본 교에서 왔는지 아닌지만 말하라고. 네놈들의 그 무식한 마기를 보면 수하 놈들이 맞는 거 같으니 숨길 필요 없다."

독고천이 품속에서 구름 명패를 꺼내서 흑의사내들 눈앞에 가져다 댔다.

순간, 흑의사내들의 눈이 경악으로 물들었다.

분명 눈앞에 있는 것은 총타에서 발표한 태상교주의 명패와 일치했다.

"이건 진짠데……."

"저, 정말 태상교주님이십니까?"

독고천이 그제야 표정을 누그러뜨렸다.

"그래. 그 광서 분타 놈들도 내가 태상교주라는데 아무도 믿지도 않고 스스로 자결하더라고. 뭐, 말을 해도 안 믿으니 어쩔 수 있나."

흑의사내들이 급히 부복하려고 낑낑거렸지만, 점혈 때문에 어찌할 수가 없었다.

그 모습에 독고천이 손을 휘저었다.

흑의사내들은 점혈이 풀리자 급히 부복하며 외쳤다.

"태상교주님을 뵈옵니다!"

"그래. 오해가 있었으니 그 광서 근처 분타에 가서 내가 이 근처에 있다고 알려라. 괜히 시비 붙지 않도록 말이야."

"존명."

복명과 동시에 흑의사내들의 신형이 사라졌다.

그 모습을 바라보던 독고천이 흐뭇한 듯 고개를 끄덕였다.

"좋은 경신술이군. 역시 수하 놈들을 잘 두었어."

일처리를 끝낸 독고천이 한층 밝은 표정으로 일행 뒤를 쫓아갔다.

                    *   *   *

두 흑의사내는 엄청난 속도로 숲 속을 가로질렀다.

한데 그 앞으로 백의를 차려입은 한 사내가 모습을 드러냈다.

흑의사내들이 신형을 멈추고는 백의사내와 대치했다.

흑의사내들에게서 지독한 자색 마기가 흘러나오는 것을 보자 백의사내가 혀를 찼다.

"……마교 놈들이 아닌가."

흑의사내들의 눈썹이 꿈틀거렸다.

"어떤 어리석은 놈이 감히 우리가 천마신교 소속임을 알고도 시비를 거는가."

흉터사내가 검을 뽑아 들며 말하자 백의사내가 킬킬거렸다.

"내가 누군지 아느냐?"

순간, 웅후한 사자후가 울려 퍼졌다.

흑의사내들이 인상을 찌푸리며 내력으로 사자후를 막았다.

그 모습을 보고 있던 백의사내가 호탕하게 웃어젖혔다.

"하하하!"

엄청난 사자후의 해일이 닥쳐 들자 흑의사내들이 내상을
입은 듯 피를 토했다.

"크윽."

백의사내는 만족한 듯 뒷짐을 지더니. 흑의사내들에게로
다가갔다.

그 순간, 흑의사내들의 신형이 백의사내에게 쏘아져 나갔
다.

당장에라도 검에 꿰뚫릴 것만 같은 상황.

순간, 뒷짐을 지고 있던 백의사내가 오른발을 천천히 들
어 올렸다.

동시에 흑의사내들의 검이 빨려가듯 백의사내의 오른발로
향했다.

까앙!

놀랍게도 백의사내의 오른발과 부딪치자 흑의사내들의 검
이 부러졌다.

흑의사내들의 눈이 경악으로 물들었다.

백의사내가 히죽 웃었다.

"깨달음을 얻고 세상에 나왔거늘, 아직도 마교 놈들이 설
치는 세상이란 말인가."

갑자기 백의사내의 의복이 펄럭이기 시작하더니, 가공할
기운이 뿜어져 나왔다.

백의사내가 흉터사내 앞으로 다가오더니, 오른 주먹을 날
렸다.

무지막지하게 큰 주먹에서 묵빛 기운이 뿜어져 나왔다.

꽈직.

흉터사내의 얼굴이 일그러지더니 금세 터져 나갔다.

철퍼덕.

머리를 잃은 흉터사내의 신형이 앞으로 고꾸라졌다.

옆에 서 있던 흑의사내는 식은땀을 흘렸다.

등짝은 축축이 젖어 있었고, 다리는 부들부들 떨렸다.

"묵빛 주먹…… 궈, 권왕(拳王)!"

흑의사내의 절규에 백의사내, 권왕 패덕량이 씨익 웃었다.

"잘 가게."

순간, 패덕량의 주먹에서 엄청난 기운이 폭사되었다.

콰앙!

흑의사내가 서 있던 바닥이 움푹 파이며 찢겨진 검은 천
조각들이 허공에 휘날렸다.

흙먼지가 잦아들고 패덕량의 모습이 서서히 드러났다.

그는 품속에서 무언가를 뒤적이더니 서신 한 장을 꺼내
들었다.

그러고는 붓으로 무언가를 써 내려갔다.

이윽고 점을 찍은 패덕량이 휘파람을 불었다.

휘익.

순간, 어디서 나타났는지 모를 매 한 마리가 커다란 날개
를 펼치며 날아들었다.

패덕량은 자연스럽게 매를 어깨에 올려놓고는 서신을 다리에 묶었다.

그런 뒤, 매의 머리를 쓰다듬으며 자상스럽게 말했다.

"아들 녀석에게 잘 전해 주거라."

매가 퍼덕이며 허공으로 치솟았다.

점점 사라져 가는 매의 뒤꽁무니를 쳐다보던 패덕량의 입가에 미소가 맺혔다.

"자, 안배(按配)도 끝이 났고. 이제 마교 놈들이나 박살 내러 가 볼까."

홀로 중얼거리던 패덕량의 신형이 귀신처럼 순식간에 사라졌다.

*   *   *

천마신교 광서 분타주, 해광유는 안절부절못한 채 이리저리 서성였다.

벌써 칠 주야가 흘렀다.

그러나 본산의 고수들은 돌아오지 못했다.

문득 불안해진 해광유는 식은땀을 흘렸다.

'이거, 그냥 건수 정도가 아닌 거 같은데 말이지.'

"여봐라!"

"예, 분타주님."

문을 벌컥 열고 들어온 수하가 이내 부복했다.

해광유는 잠시 뭔가를 생각하는 듯하더니 의자에 털썩 주저앉았다.

'이거, 정말 큰일이 맞는 건가? 본 교를 적대시하는 놈이 정말 있는 거야? 그것도 보내는 고수들을 족족 죽여 버리는 무서운 놈이?'

한숨을 푹푹 내쉬던 해광유가 마침내 결심했다는 듯 고개를 주억거렸다.

그리고 서신을 하나 작성한 후 품속에서 또 다른 서신을 한 장 꺼냈다.

흉터사내가 죽기 전 자신에게 직접 건넨 서신이었다.

해광유가 서신 두 장을 수하에게 건네며 지시했다.

"당장 본산에 가서 연락해라. 비상사태라고!"

"존명."

수하가 물러나자 해광유는 깊게 한숨을 내쉬었다.

'건수 잡은 건 좋은데…… 이거, 정말 비상사태인가……'

왠지 모를 불안한 기운이 엄습하는 해광유였다.

*　　*　　*

남악산 정상에서 당선예가 소리쳤다.

"찾았어요! 이거다!"

산 정상에서 당선예의 낭랑한 목소리가 울려 퍼졌다.

뒤에 서 있던 독고천이 급히 다가왔다.

"정말인가?"

당선예가 고개를 끄덕이며 서적에 무언가를 적어 내려갔다.

"네. 태웠을 때 나는 향도 같고 액체의 농도를 보아하니 딱 그 땅굴에 사용한 독물이에요. 정확해요. 혈주화(血珠華)가 그 정체였구나. 혹시나 했는데 역시였어!"

당선예가 연신 고개를 주억거리며 서적에 무언가를 적어 나갔다.

독고천의 표정이 한층 밝아졌다.

"그럼 혈주화라는 것으로 그 땅굴을 만드려면 얼마나 필요한 거지? 따로 수집하거나 재배해서 구할 수 있는 것인가?"

독고천의 물음에 당선예가 단호히 고개를 내저으며 답했다.

"아뇨. 혈주화는 아무래도 재배할 수 있는 성질의 독화가 아니에요. 그러니 거대한 시장에서 구했을 가능성이 커요. 이 혈주화를 구할 수 있는 곳은 정해져 있어요. 그리고 그 정도 땅굴을 만들기 위해선 최소한 삼십 돈은 필요해요."

"구할 수 있다는 시장이란 곳이 어디지?"

독고천이 재촉하듯 묻자 당선예가 턱을 쓰다듬으며 말을 이어 나갔다.

"흠, 우선 북경이 있어요. 그리고 낙양이 있죠. 또 항주에서도 구할 수 있을 거예요. 하지만 그걸 아무에게나 팔진

않을 거예요. 그리고 그것에 대한 정보를 찾기 위해선 엄청
난 재력과 노력이 필요한…… 헉!"

순간, 독고천이 백수룡과 당선예의 뒷덜미를 낚아챘다.

독고천의 신형이 사천으로 향했다.

*　　*　　*

당문세가의 하인, 영덕은 평상시와 다를 바 없이 새벽 일
찍 일어났다.

그리고 빗자루를 들고는 마당을 쓸어 나갔다.

쓱쓱.

그러다 어제 칠순이와 나누었던 입맞춤이 문득 떠올랐다.

영덕은 흐뭇한 미소를 지으며 고개를 끄덕였다.

그놈의 입맞춤을 하기 위해서 무려 두 달이란 시간을 허
비했다.

어찌나 앙탈을 부리던지, 그야말로 고난의 나날이었다.

할 때쯤 되면 변소에 간다고 하질 않나, 분위기 좀 잡으
려면 웃어 나자빠지지 않나.

하여튼 그러한 상황을 이겨 내고 드디어 입맞춤을 해낸
것이었다.

어느새 영덕의 입가에는 미소가 맺혀 있었다.

그때, 갑자기 담 너머로부터 무언가 넘어왔다.

휙.

영덕이 깜짝 놀라며 받아 들었는데…….

이게 웬걸.

실종되었다던 당선예 아가씨였다.

"다, 당 아가씨?"

당선예가 갑자기 벌떡 일어나더니 눈을 끔벅이고는 주위를 훑었다.

그리고 이곳이 당문이라는 것을 깨닫자 표정이 눈에 띄게 일그러졌다.

"이런 젠장."

당선예의 입에서 거친 말이 튀어나오자, 평소 그녀의 정중하고 기품 있는 모습만 보아오던 영덕의 얼굴이 경악으로 물들었다.

아름답고 예쁜 아가씨의 입에서 상스런 말이 나오다니, 충격적인 일이었다.

영덕은 색다른 깨달음을 얻으며 만족한 듯 고개를 주억거렸다.

'역시 여자를 외모로만 판단하면 안 되는 겨. 암.'

*   *   *

독고천은 침대 위에서 가부좌를 튼 채 눈을 감고 있었다.

백수룡은 옆에 누워서 곤하게 자고 있었다.

그러나 몸은 연신 꼼지락거렸다.

결국 독고천이 한숨을 내쉬며 눈을 떴다.

"집중이 안 되는군……."

이미 북경, 낙양, 그리고 항주에서 혈주화를 구입해 모든 이들의 정보를 알아오라고 시킨 상태였다.

물론 시간이 걸리는 일이기에 기다려야 했지만, 독고천은 좀체 흥분을 가라앉히지 못했다.

드디어 무위경의 마지막 권을 얻게 될 수 있는 기회가 찾아왔으니 아니 그렇겠는가.

독고천이 눈을 질끈 감았다.

그러자 눈앞에서 연신 무위경이 떠다니며 독고천의 마음을 진동시켰다.

결국 참지 못한 독고천이 벌떡 몸을 일으키더니 밖으로 나갔다.

새벽임에도 밝은 달이 사위를 환히 비춰 주고 있었다.

독고천은 말없이 검을 뽑아 들었다.

스릉.

날카로운 검명이 낮게 울려 퍼지자 만족한 듯 고개를 주억거리는 독고천.

마령검(魔令劍).

잠시 본산에서 빌려온 것인데, 유명한 검답게 매우 잘 들었다.

특히 마공을 운용하며 검술을 구사할 때는 기운이 흘러넘칠 정도였다.

그만큼 마공에 특화되어 있는 검이었다.

물론 독고천쯤 되는 고수라면 검의 유무가 상관없긴 하지만, 그래도 없는 것보단 나았다.

독고천이 손목을 살짝 비틀었다.

그러자 검날이 달빛에 비치며 번쩍였다.

곧바로 독고천의 신형이 위로 솟구쳤다.

파앗.

검극이 하늘에 수를 놓았다.

하늘이 일그러지고 달이 일그러졌다. 검날이 허공을 벨 때마다 바람이 휘날렸다.

바람이 점점 거세져 공터를 휘저었다.

허공에 부웅 떠 있던 독고천이 천천히 땅으로 내려서려는 찰나,

독고천이 허공을 박차고 뛰어올랐다.

순식간에 앞으로 뛰쳐나간 독고천이 한 발로 나뭇가지를 밟고 힘껏 도약했다.

휘익.

독고천의 검이 두 개가 되고 세 개가 되더니, 어느새 열 개가 넘는 검이 허공을 짓이겼다.

파파팟.

미친 듯이 검을 휘두르던 독고천이 갑자기 공중제비를 돌더니 바닥에 착지했다.

그리고 고개를 갸웃거렸다.

'웬 놈의 마기가 이렇게도 많이……'

슈슉.

순간, 어디선가 날아온 암기가 독고천의 이마를 노렸다.

독고천의 신형이 흐릿해지며 어느새 좀금 떨어진 옆에 모습을 드러냈다.

그러나 곧 엄청난 양의 암기가 독고천을 향해 쏘아졌다.

독고천이 가볍게 검을 휘둘렀다.

휘익.

그러자 엄청난 강풍과 함께 암기들이 힘없이 땅에 떨어졌다.

그 순간, 땅에서 복면인들이 튀어 올랐고, 근처의 수풀에서 복면인들의 신형이 뛰쳐 나왔다.

하나같이 자색 마기와 살기를 풀풀 풍겼다.

"뭐야, 이 미친놈들은?"

독고천이 상황을 파악하려는 듯 공격을 피하며 인상을 찌푸렸다.

'분명 수하 놈들이 맞다. 저번에도 그렇더니 이번에는 아예 질이 다른 놈들이 왔군. 이런 젠장, 저번에 쥐어 팼던 놈들이 똑바로 전하지 않은 건가? 아니, 그것보다도 왜 나를……?'

이런저런 생각을 떠올리던 독고천이 고개를 거칠게 내저었다.

복잡하게 생각할 필요가 없었다.

독고천이 서 있는 곳은 강호.

아무리 수하라 할지라도 말 안 듣는 놈들에게까지 굳이 말로 할 필요는 없었다.

독고천이 한쪽 입가를 끌어 올리며 이죽거렸다.

"말 안 듣는 놈들한텐 매가 약이지."

독고천이 뽑아 든 검을 검집에 집어넣었다. 그리고 검집을 한 손에 쥐고는 싸늘하게 웃었다.

"……좀 맞자."

*   *   *

험악한 인상에 자색 마기가 풀풀 풍기는 수십 명의 사내들이 무릎을 꿇고 있는 장면은 비장하다 못해 장엄했다.

사내들의 얼굴에는 온통 멍이 들어 있었고, 몸 역시 성한 구석이 없었다.

"누가 이놈들 끌고 왔냐?"

바위에 앉아 있던 독고천이 입을 열자 가장 앞에서 무릎을 꿇고 있던 흑의사내가 깜짝 놀라며 벌떡 일어섰다.

"저, 접니다."

독고천과 시선이 얽히자 흑의사내가 곧바로 고개를 숙였다.

독고천이 어이없다는 듯 웃었다.

"왜 온 거냐?"

독고천의 물음에 흑의사내가 머뭇거리다가 조심스럽게 입

을 열었다.

"사실 지금 본산은 비상사태입니다. 본 교의 행사를 방해하며, 본 교의 인물들을 살해하는 고수가 나타났다고 하여 이렇게 저희가 파견된 겁니다, 태상교주님."

조용히 말을 듣고 있던 독고천이 벌떡 일어섰다.

순간, 무릎을 꿇고 있던 사내들이 동시에 움찔거렸다. 그러나 독고천이 때리지 않자, 안도의 한숨을 내쉬었다.

"분명 내가 다 보내줬는데, 죽었다고?"

"예, 태상교주님."

흑의사내가 고개를 조아렸다. 아무래도 중간에 누군가에게 당한 듯싶었다.

"그래, 알았다. 본산에 전해라. 내가 그놈을 직접 찾아보겠다고 말이야."

"존명."

흑의사내가 고개를 조아리며 답했다.

그러나 여전히 머뭇거리던 흑의사내가 미묘한 미소를 지으며 물어 왔다.

"지금 갑니까?"

"그래. 얼굴들 기억해 놓았으니까 본산에서 다시 보도록 하지."

독고천이 씨익 웃었다.

그러나 그 웃음은 흑의사내들에게는 악귀의 미소와 다를 바 없었다.

흑의사내의 얼굴에 나타났던 미묘한 미소가 순식간에 없어졌다.

"조, 존명."

흑의사내들이 순식간에 신형을 감추었다.

그들이 떠나간 자리를 쳐다보던 독고천이 바위에 중얼거렸다.

"어떤 놈이지……?"

슬슬 해가 뜨려는지 산 너머가 밝아져 오자 독고천의 신형이 휙 허공을 갈랐다.

어느 순간, 객잔 앞에 도착한 독고천이 방 안으로 들어섰다.

끼이익.

독고천은 살짝 멈칫거렸다.

침대에서 곤히 자고 있던 백수룡이 없었다.

대수롭지 않게 생각하며 객잔 주위를 돌아다녔다.

그러나 없었다. 어디에서도 백수룡의 흔적을 찾을 수 없었다. 독고천이 급히 방으로 올라갔다.

방으로 들어선 독고천이 바닥에서부터 창문까지 샅샅이 살펴 나갔다.

순간, 독고천의 눈에 발자국이 눈에 띄었다.

자세히 살펴보지 않으면 그냥 지나칠 만한 그런 자국이었지만, 전직 살수인 독고천의 눈을 속일 수 없었다.

뒤꿈치가 아주 살며시 찍혀있어서 매우 흐릿했다.

고수라는 소리였다.

침대 부근을 살펴보았다.

저항의 흔적은 없었다. 자던 도중에 급습을 당했다는 소리였다.

핏자국이 없는 것으로 보아, 납치가 주 목적인 듯 보였다.

독고천이 귀찮다는 듯 인상을 찌푸리며 침대에 털썩 주저앉았다.

독고천이 하품을 내쉬었다.

"하암."

그러고는 짜증난다는 듯 뒤통수를 벅벅 긁었다.

"에휴, 이놈은 또 누구한테 원한을 지었기에 납치를 당한 거야? 아니지, 처음 보았을 때 막 하산하는 길이라고 했는데 말이지."

독고천이 연신 고개를 갸웃거렸다.

일단 납치가 확실한 이상 짐작에 불과하지만 녀석을 찾아야 했다.

그래도 명색이 스승님이 유일하게 남기신 사제가 아니던가.

독고천은 창문에 남겨진 발자국을 따라서 걸음을 옮겼다.

창문을 넘어선 발자국이 저 멀리 담벼락에 찍힌 것으로 보아, 뛰어난 신법을 지닌 고수 같았다.

성인 남자를 옆에 끼고 경신술을 쓰는 것은 만만치 않았다.

담벼락을 살피던 독고천이 고개를 주억거리며 탄성을 내질렀다.

"호, 이곳에서 왼발로 착지한 후 바로 도약했단 말인가?"

독고천은 냄새를 쫓는 개마냥 연신 고개를 처박고는 발자국을 따라갔다.

숲 속을 지나자 작은 전각이 눈에 들어왔다.

"이런 곳에 전각이 있었나?"

겉보기에는 폐가와 다를 바 없었다.

주위를 두리번거리던 독고천의 눈이 빛났다.

순간, 독고천의 검이 허공을 갈랐다.

팍!

지붕이 박살 나며 언제 나타났는지 모를 흑의인이 모습을 드러냈다.

그와 동시에 암기가 독고천을 향해 뿜어져 나갔다.

슈슉.

독고천은 가볍게 손으로 쳐 내고는 앞으로 신형을 쏘아 나갔다.

순식간에 흑의인의 목덜미를 움켜잡은 독고천이 씨익 웃었다.

"자, 얘기 좀 해 볼까?"

흑의인이 바동거리려 했지만, 몸은 꿈쩍도 하지 않았다.

독고천이 흑의인을 목덜미를 잡고 땅으로 내려섰다.

그리고 흑의인을 눕힌 다음에 손을 싹싹 비비더니 씨익 웃었다.

"순순히 말하겠나, 아니면 재미 좀 본 다음에 말하겠나? 순순히 말하려면 눈을 한 번 깜박이게."

흑의인은 눈동자를 감지 않았다. 그러자 독고천의 미소가
더욱 짙어졌다.

"좋군, 좋아."

독고천은 흑의인의 오른팔을 잡더니 단숨에 부러뜨렸다.

빠각.

그러자 흑의인의 눈이 경악으로 물들며 입에서 거품이 흘
러나왔다.

독고천이 다시 왼팔을 부여잡고는 반대 방향으로 내리 꺾
었다.

빡!

흑의인의 눈에서 눈물이 찔끔 흘러나왔다.

독고천이 슬쩍 흑의인을 바라보았다.

그러자 흑의인이 눈을 부라렸다. 그러자 독고천이 만족한
듯 고개를 끄덕였다.

"좋아, 좋아. 쉽게 말하지 말게. 제발 부탁하네."

이번에는 흑의인의 다리를 부여잡더니 슬쩍 힘을 주었다.

흑의인이 움찔거리며 뼈에서 기괴한 소리가 들려왔다.

우두둑.

흑의인의 눈동자가 걷잡을 수 없이 흔들렸다.

손을 싹싹 비비던 독고천이 이번엔 품속에서 단검을 꺼내
들었다.

그러고는 살벌한 미소를 지었다.

"사슴이나 멧돼지한테는 써 봤지만, 사람에게는 처음이라

네. 조심히 잘해 주겠네."

순간, 흑의인이 눈동자가 미친 듯이 끔벅거렸다. 그러자 독고천이 아쉬운 듯 혀를 찼다.

"정말 말할 건가? 조금만 더 버텨 보지?"

독고천의 간절하고도 잔혹한 부탁에도 불구하고, 더 이상 버티지 못하겠는지 흑의인의 눈동자가 연신 끔벅였다.

이마에서는 식은땀마저 흘릴 정도였고, 눈썹은 파르르 떨렸다.

독고천이 입맛을 다시며 단검을 품속에 갈무리했다.

"그래, 그렇다면 어쩔 수 없구만. 여긴 어디냐?"

어느새 혈도가 풀렸는지 흑의인의 목에서 가래 끓는 소리가 흘러나왔다.

"이, 이 악마 같은 놈!"

"나에게 악마 같은 놈이라는 것은 칭찬 중의 칭찬이네. 고맙네."

독고천의 반응에 흑의인이 당장에라도 까무러칠 듯 발작했다. 그러나 결국 자신의 처지를 파악한 듯 서서히 움직임이 멎었다.

"이곳은 살문(殺門)이다."

살문은 강호에서 유명한 살수 집단 중 하나였다. 비록 최고라 할 수는 없었지만, 뛰어난 살수들이 즐비한 문파였다.

살문이라는 말에 독고천이 탄성을 흘렸다.

"오호, 여기가 살문의 본거지인가?"

"말할 수 없다."

살문은 살수 집단인만큼 총타는 비밀에 가려져있었다. 독고천도 그것을 모르는 바가 아니었다.

"그래, 그건 그렇고. 오늘 납치한 녀석 한 놈 있지 않나?"

독고천의 질문에 흑의인이 입을 닫았다.

그러자 갑자기 독고천의 손가락이 흑의인의 복부를 꿰뚫었다.

그리고 갈비뼈를 맨손가락으로 꽉 잡았다.

흑의인의 눈동자가 공포로 물들었다.

독고천이 살벌하게 말했다.

"한 번만 더 그따위로 행동하면 갈비뼈를 뽑아버리겠다."

흑의인이 미친 듯이 고개를 끄덕였다. 그제야 독고천이 손가락을 뺐다.

독고천의 손에서 핏물이 떨어지자 흑의인의 등에서 식은 땀이 흘러내렸다.

악독해도 너무나도 악독한 놈이었다.

살수 생활 이십 년 만에 이렇게 미친놈은 생전 처음이었다.

맨 손가락으로 갈비뼈를 뽑겠다니.

이런 미친놈이 또 어디 있겠는가.

마침내 흑의인이 입이 열리기 시작했다.

"의뢰인에게 그놈을 납치하라고 연락을 받았고, 이미 넘겼다."

"어디로 넘겼지?"

"그건 말할 수 없……"

순간, 독고천의 손가락이 흑의인의 갈비뼈를 잡고는 힘을 주었다.

우둑.

흑의인의 입에서 거품이 흘러나왔다. 잠시 후, 흑의인이 힘겹게 입을 열었다.

"표, 표국……."

"표국? 짐으로 보냈다는 말이냐?"

흑의인이 희미하게 고개를 끄덕였다. 독고천이 흑의인의 멱살을 잡으며 재촉했다.

"어떤 표국을 통해 보냈나?"

그러나 흑의인은 이미 혼절한 상태였다. 독고천은 혀를 차며 흑의인을 거칠게 내려놓았다.

그런 후, 독고천이 신형이 한줄기 빛처럼 쏘아져 나갔다.

〈『천마신교』 제4권에서 계속〉